出雲のあやかしホテルに就職します❽

硝子町玻璃

双葉文庫

AYAKASHI HOTEL

プロローグ

Q．あなたの職場にいる時町《ときまち》見初《みそめ》さんと椿木《つばき》冬緒《ふゆお》さんの関係はどのように見えますか？

A．フロント担当の女性「とってもも仲良しさんよ。出会いはとってもアレだったみたいだけれど、今はコンビみたいな仲で、ご飯も一緒に食べているの」

Q．二人は恋人同士に見えますか？

A．バーテンダーの女性「えっ、あれがそんなふうに見えんの？　マジで？」

Q．え？　恋人ではない……？

A．狸「多分、好きなのは冬緒だけじゃないかなぁ……」

Q．つまり、冬緒さんの片想いであると？

A．狐「そういうことになりますな……大分前からのようですが」

Q．見初さんはずっと気付いていなかったということですか!?

A. 厨房兼バーの従業員「時町さんももっと察する力があれば、ここまで長期戦になってないと思いますよ」

Q. でも、今回ついに気付かせることが出来たと？

A. ベルボーイ「俺を殺してください」

Q. 見初さんは知ってどう思いましたか？

A. ベルガール「嘘でしょって思いました」

Q. 二人はどうなってしまうのでしょうか？

A. 兎「ぷぅ」

第一話　凍て付く心

「え？　皆、知ってたと思うよ。その……椿木《つばき》君が時町《ときまち》さんに好意を持ってたこと……」

「うん、客も知ってた知ってた」

　ゲーム機やパソコンが完備されているオタクルームこと天樹《あまき》の私室で、臨時の緊急会議が行われた。議題はもちろん、冬緒《ふゆお》の片想いの件である。

　少し気の毒そうに語る天樹と海帆《みほ》に、見初《みそめ》は「ア、ソウデスカ……」と掠《かす》れた声で返すのがやっとだった。お茶が入ったペットボトルを握る手がガタガタと震える。

「と、時町さん……大丈夫？」

「手の震え、発汗が止まらなくて。歳ですかね？」

「緊張してるんじゃない？　見初、落ち着け。深呼吸深呼吸」

「寒い？　暖房つける？」

「何か食うか？」

「すみません……寒くはないです……でも、お腹空いたから何か食べたいです」

　兄妹からの手厚い介護。クッキーもテーブルに用意される。甘い物を食べて、心が和いでいくと、見初はゆっくりと息を吐いた。ちょっと落ち着いて来た。

「その……あの後、すぐにお母さんから電話がかかってきたんです。『冬緒君に告白されたんだね』って」

「な、何で時町さんのお母さんがそれ知ってるの⁉　エスパー⁉」

「椿木さん、私が部屋から出て行って永遠子《とわこ》さんに自殺を阻止された後、すぐに私の実家に電話したみたいなんです。泣きながら『娘さんに酷いことをしてしまいました』って」

「それ、親御さん聞いて大丈夫だった？　私が見初の親だったら包丁持って出雲《いずも》に走り出してる」

海帆が危惧していた通り、当初は何をされたんだと、受話器片手に見初の母である藍子《あいこ》は、その場にへたり込んでしまいそうになった。しかし、話を聞くうちに誤解だと分かり、事なきを得たという。

「要するに娘さんに自分の気持ちを押し付けるような真似をしてしまい、大変申し訳ございませんでしたって内容だったそうで」

「多分、冬緒は全然自覚してないけど、それ『娘さんを僕にください』って言ってるようなもんじゃない？　何で墓穴掘り続けてんのさ」

「それに対してお母さんは何て言ってたの……？」

「それが……お母さんも椿木さんが私のことをそういうふうに思ってたのは、気付いてたみたいでした」

「あっ、時町さんの鈍さは遺伝子から来るものじゃなかったんだ……」

「突然変異じゃん」

　見初は母・藍子との会話を思い出していた。どうやら、昔から自分は様々な人々に好かれていたらしい。優しく逞しい子に育った我が子が誰とでも親しくなれるのは嬉しい。が、どういうわけか、恋愛に関する気配はさっぱりだった。思春期の頃に親から離れ、一人で生活していた娘に、全く恋の波動が感じられない。まだ二十歳にもなっていないのに、早くも枯れ始めていると両親共々密かに心配していたという。

　そんな時、颯爽と現れたのが冬緒だったそうだ。

「いや、しかし、困った……」

　そして、双方にとってとても不本意な形で、冬緒の気持ちに気付いた見初は本気で悩んでいた。クッキーを齧《かじ》りながら頭を抱えている。全然照れていない。

　何というか、その姿は同僚から告白されて悩むうら若き乙女ではなく、ストーカー行為に悩み、対処を考える被害者の図である。それを見て一つの可能性が浮かんだ天樹が、小声で確認することにした。

「時町さん……もしかして、椿木君のことものすごく嫌いだったりする？」

「えっ、何でですか⁉」

「だって、全然恋愛相談されてる雰囲気じゃないんだもの」

「正直に言いなよ、見初。今ならまだ間に合うだろうから」

海帆も今まで見たことがないくらい心配そうな顔をするので、見初は慌てて首を横に振った。

「いえいえ！　嫌いだとかそんな気持ちは一切ありませんから！　椿木さんは人間として好きですし！」

「じゃあ、何でそんなに難しい顔をしてるの？　やっぱり断りづらいとか？」

「ちょっと……怖いかなぁって」

「大丈夫だよ。いくらあいつでも病んで見初に何かしたりはしないから」

「私のことは別にいいんですけど、椿木さん、私に知られた後に首を吊りかけているじゃないですか。つまり、そのくらいショックだったわけで……今後、この話に触れたらその場で命を絶つかもしれないって考えるとですね……」

相手の命がかかっている。恋愛の経験が皆無の見初にとって、中々荷が重い案件だった。仕事中もその話題には全く触れないようにしている見初だったが、それは冬緒も同様だった。あの地獄の一夜がなかったかのように、何事もなく仕事をし、何事もなく見初に話しかけている。

あまりにも普通すぎるので、もしやあの冬緒の叫びは幻聴か？　と疑う時もあった。だが、紛れもない現実であると見初に教える存在があった。

　永遠子である。彼女も何も言おうとはしないが、フロントにいる間、明らかに顔が引き攣《つ》っている。特に冬緒と会話をしている時は、明らかにハラハラした様子でこちらを見守っているのが分かる。騒動の原因となってしまった責任を感じているのかもしれない。

　時折、神経性胃炎用の薬を服用している現場を目撃している従業員もいる。これ以上、この件をなかったこととして放置していたら、永遠子の胃が死んでしまう。考えた結果、見初はこうして第三者に相談することを決めた。それが天樹と海帆の兄妹だった。

「でもさ、そもそもの話よ？　見初は冬緒のことを人間としては好きって言ったろ」

「言いましたね」

「そこに恋愛感情は入ってたり、入る予定はある？」

　核心に迫った問いかけに、見初は遠い目をした。

「正直微妙です」

「顔はいいよ？」

「こら、海帆！　顔しか取り柄がないような言い方をするんじゃありません！」

　フォローになっていないフォローを、天樹が咎《とが》めた。

「に、人間的には好きですよ！　最初、騙される形でここに来た時は、この野郎って思って絞め上げたりもしましたけど、今じゃとっても大切な仕事仲間だと思ってますし。ただ……」

「やっぱり、そういうふうには見られないか。うん、それは時町さんのせいじゃないよ」

「そうだよ。この件についてては誰も深く触れないまま、風化させるって手もあるんだし。冬緒もそれをちょっと望んでる節があるから」

苦笑する二人に、見初は自責の念に駆られる。それでは何も解決していない。一番いいのはここで見初が冬緒の気持ちを受け入れることだと思うのだが。

見初を見透かしたように、天樹が首を横に振る。

「あのね、時町さん。僕たちは確かに椿木君のことを見守っていたけど、それは二人にくっついて欲しかったからとかそういうわけでもないんだよ」

「?」

「つまり私たちがあいつをこっそり応援してたのは、あくまで見初に気持ちが伝わるようにってだけで、そこから先のことは冬緒と見初次第だと思ってたってこと」

「うん。時町さんの気持ちを無視して二人をくっつけるようなやり方は僕は嫌だから」

「天樹さん……海帆さん……」

二人の言葉に、見初は体から力が抜けて行くのを感じた。このまま、自分の気持ちに整理がつかない状態で椿木の思いと向き合わなければならないのかと悩んでいたのが、少し楽になった気がする。

だが、永遠子の胃はどうなってしまうのだろう。

「大丈夫。永遠子さんのことも僕たちがちゃんと助けるようにするから」

「冬緒の生死とか永遠子さんの健康のことは私らに任せて、見初は自分のことだけ考えな」

　恋愛とはこんなにも重い問題なのだろうか。まるで合戦前の武士のような表情で見初は力強く頷いた。

◆　◆　◆

「もう俺は駄目だ……死んであの空に輝く星の一つになりたい……」

　一方、冬緒は自室で窓から見える空を見上げて嘆いていた。ちなみに今夜は曇りで星など見えない。

「ぷ、ぷぅ、ぷぅぅ！」

「白玉《しらたま》……ありがとうな、俺を慰めてくれて……」

　そして、冬緒のカウンセリングは白玉が行っていた。当初は永遠子の役目だったのだが、彼女をこんな形で巻き込んでしまった罪悪感で、「もう大丈夫だから」と虚勢を張って誤魔化した。けれど、こうやって仕事が終わって部屋で一人でいると、色々と考えてしまい、耐え切れず白玉を借りて来てしまったというわけだ。

　真っ白でふわふわな毛並みを撫でながら、冬緒は自嘲の笑みを浮かべる。

「絶対に時町に嫌われた……というか、何か怖がられてる」

本人は悟られないようにしているが、明らかにあの夜から態度がどこかぎくしゃくしている。どんな妖怪や神に対しても気負いもせず、ガンガン突っ込んでいく見初に極限まで気を遣わせている。そのことに冬緒は大きなショックを受けていた。

そんなの、彼女らしくない。見初は愛らしい顔立ちをしている。惚れた欲目もあるだろうが、可愛いと言ったら可愛い。しかし、見初に惹かれたのは、その心の強さだ。白陽《しろひ》に恨まれ、殺されるかもしれないと恐怖と絶望に苛《さいな》まれていた自分を引っ張り上げてくれた芯の通った部分に、憧れ、焦がれたのだ。それが自分のせいで失われてしまうかもしれない。

「時町……ごめん……」

「ぷっ、ぷう！　ぷうぷう‼」

「白玉、いいんだ。そこまで気を遣わなくて。そんな温かい言葉をかけてもらう資格なんて俺にはないよ」

「ぷぅ～～～～～‼」

穏やかに、けれど諦めたように微笑む冬緒に、白玉が否定するようにばたばたと手足を動かす。

いや、実際否定していた。もし、ここで白玉が人間の言葉を喋ることが出来ていたら、

「だから嫌われてないってば！」となる。

見初は冬緒を嫌っているのではなく、冬緒が自害してしまわないか心配しているだけなのだ。恋愛感情の有無はともかく、そこは確かである。白玉は必死にそう伝えようとするのだが、悲しいかな、この場に風来《ふうらい》と雷訪《らいほう》はおらず、冬緒にも白玉語の翻訳機能は搭載されていない。ぷうぷう一生懸命鳴く姿に、ただ癒されるだけで終わっていた。

そして、数日後。ホテル全体を巻き込む事件は起こった。

◆　◆　◆

「ここが出雲のあやかしホテルですかぁ……とってもいいところですね！」

背中から白い羽を生やした穏やかそうな少年の妖怪が、ロビーを見回しながら目を輝かせる。彼の名は灯頼《ひより》というらしい。その名前を聞いた永遠子が「あら、あなたが」と口を開いた。

それを聞いた見初が尋ねる。

「永遠子さん、この方を知っているんですか？」

「ええ。灯頼様は人の感情を形にする能力があることで有名なのよ」

「人の感情を……形に……？」

「はい。幸せな気持ちになっている人に私の能力を使うと、その周辺に綺麗な花が咲き、暖かな風が吹くようになります」

自分の力に誇りを持っているのだろう。自慢げに説明する灯頼に、見初は想像してみた。何だか可愛い能力である。

「幸せな人に使ったら、幸せなことが起こるけど、不幸な人に使ったら……?」

「そういう人には使ったことがないので、分かりませんが……あまりいいことは起こらないと思います」

苦笑する灯頼。それを見ていた冬緒が思い出したように言葉を発した。

「確か……その力を使って欲しいって、妖怪だけじゃなく、神の結婚式にもよく呼ばれているんだったか」

「はい! 実は今日もこのホテルで行われる結婚披露宴に参加することになっているんですよ。新郎の方に頼まれまして」

「……そっか」

そう相槌を打って笑う冬緒の横顔は寂しさが漂う。それを見て見初は、若干の申し訳なさを感じる。結局、あの日から二人の関係には一切進退がない。海帆は自然消滅も一つの手だと言っていたが、本当にそれでいいのかと迷いもある。

ここはやはり、素直に恋心は持っていないと答えるべきなのだろうか。たとえ、冬緒がそれで傷付くことになったとしても、有耶無耶《うやむや》で終わらせてしまうのは、どうもモヤモヤする。

ちゃんと正しい形で向き合い、言葉を交わし合う必要があるはずだ。考えれば考えるほど、結論が纏《まと》まりづらくなっていく。

見初がそうやって深く考えている間にも披露宴の準備は進められていき、午後六時。予定通りに始まろうとしていた。

新郎も新婦も猫の妖怪で、猫耳や尻尾が生えている。お呼ばれした出席者も同族が多いが、料理に魚を使ったものが多いのも、そのせいだろう。中には人間の陰陽師も交じっていた。

「新郎の方はあの陰陽師の部下として働いているみたいだよ」

「なるほど。だからこうやって披露宴を開くだけの金が用意出来たのか」

スタッフとして会場のセッティングを行いながら、天樹から話を聞かされて冬緒は納得した。人間ではない客でも招き入れるのがホテル櫻葉《さくらば》だが、このような大きなイベントをするなら費用を出してもらう決まりになっている。

なので、人間の世界で生活しているのではと思っていたが、それにしても社会人と同じように陰陽師の部下として働く妖怪。ずいぶんと時代も変わったものだなと感心していると、天樹が眉を下げて、こちらを見てくるのが分かった。

「僕より時町さんと一緒に作業するほうがよかったかな？」

「エッ、アッ、イエッ……」

「素直に言っていいよ。時町さんには言わないから」

「……正直、ちょっと助かりました。普通に仕事してる分にはいいんですけど、さすがに今の状態でこういう仕事をするのは……」

そんなことだろうと思った。そう言いたげな顔をする天樹に、冬緒は引き攣った笑いを浮かべる。

「いつまでも、このままじゃ駄目だってことは分かるんですけどね……」

「ずっと放っておいて、なかったことにするなら、協力してあげるけど」

「はい……」

「でも、多分時町さんはちゃんと向き合わなきゃって思ってるんじゃないかな。白黒はっきりつけようとする強い人だか……何で泣き出してるの？」

話している途中に涙を流し始めた冬緒に、天樹がさりげなく距離を取った。

「そうなんです……時町は強い人間なんです……なのに、俺はそんな時町を怯えさせるようなことをしてしまって、男として失格です」

「椿木君泣き止んで。披露宴の会場で誰よりも早く君が泣いてどうするの」

「いきなり好きでもない男に好きって言われる恐怖が天樹さんに分かりますか⁉」

「えぇ？　まあ、俺様系の彼氏ネタは地雷だから僕もあんまりだけど……え？　告白されたことそのものに、時町さんが怖がってるって思ってるの？」

天樹が何とも言えない笑みを浮かべながら首を傾げる。その反応に冬緒も涙を止める。

「違うんですか？」

「時町さんだよ？　椿木君なんかを怖がるわけないでしょ」

「あ……っ」

確かにそうだ。まるで鋼のような精神力の持ち主である見初が、自分に怯えるとは考えにくい。第三者から指摘されて、そのことに気付いた冬緒は息を呑んだ。

「じゃ、じゃあ、何で時町は俺の気持ちに気付いてあんなに動揺してるんですか⁉」

「怖がる以外にも照れたり満更じゃないとかそういうのあるでしょ」

「え‼」

冬緒の瞳が宝石の如き輝きを放つ。

「照れてもないし満更みたいだけど」

上げてから落とされたような気分である。嘘偽りない報告に、冬緒は項垂《うなだ》れた。

「ほ、ほら、椿木君元気出して。灯頼様も能力を使うみたいだし」

新郎新婦と灯頼が話している。灯頼の手にあるのは半透明な鳥の羽だ。あれを対象に触れさせることで能力を発動させるらしい。その説明を受けているのか、新婦が嬉しそうに笑みを零《こぼ》す。

三人は気付いていないようだった。会場内を走り回っていた子供たちが自分らのほうに向かってきていることに。

「お兄ちゃん、こっちこっち！　あそこに『ぴあの』って綺麗な音が出る置き物があるんだよ！」

「待って、待っ……わふっ」

「うわぁっ」

子供の一人が灯頼とぶつかり、その拍子に手放した羽が宙を舞う。それが床に落ちそうになるのを見て、灯頼が急いで手を伸ばす。

「灯頼さん⁉」

「床に落ちたら能力の効果が消えてしまうんです！　あれが消えたら再び作り出すのに時間が……」

新郎の呼ぶ声に、灯頼が切羽詰まった表情で叫ぶ。伸ばされた手が羽を取り戻そうとしていた。

「ご、ごめんなさい！　今、返してあげるから！」

灯頼にぶつかった子供が羽を指差す。すると小さな風が吹き、羽が灯頼の手——から遠ざかってしまった。緊張からか、上手く力を使えなかったらしい。

羽は風で大きく舞い上がり、やがて静かに舞い降りていく。

「……は？」

現在進行形で想い人から拒絶されていると落ち込んでいる、青年の下へと。

刹那《せつな》、ホテル内に涼しげな風が吹き始めた。それは次第に冷たさを増していき、やがて凍えるほどになっていった。快適な温度に設定されているはずの会場で、吐いた息が白くなり、客たちが首を傾げる。

「み、皆さん逃げて――」

灯頼の警告を遮るように壁や天井からパキ、パキと軋《きし》む音がした。一部分ではあるが、氷に覆われている。そして、氷の面積がみるみるうちに広がりを見せていく。

凍えるような冷気がホテル全体を包み込み、全てを凍らせ始める。

人間も、妖怪も、時も、動くのを止めて、透き通った氷の中に閉じ込められる。建物さえも、氷に侵食され、ちょうど開いた瞬間の自動ドアの隙間も氷で埋められてしまう。

そんな衝撃映像を、寮の窓から見初と白玉も目撃していた。

「何じゃこりゃ⁉」

「ぷぁー⁉」

今頃は灯頼の能力により、華やかな披露宴が始まっているはずだ。ペンギンの妖怪の結婚式だったのかと混乱しながらも、慌ててホテルに向かう。いや、百歩譲ってペンギンの披露宴だとしても、これはない。

「あれは……！」

ホテルの前に三人ほどいるのが見えた。一人は火々知《かがち》。そして、アスファルトに座り込んで何か絶望している灯頼と、彼の背中を撫でる柳村《やなむら》。

「柳村さん！　火々知さん！」

「む、時町。お前は寮にいて無事だったのか」

「何ですか、これ⁉」

「それが吾輩にもさっぱりだ。突然、ホテル全体が凍り出した。客や従業員も凍り漬けだ。なぜ、吾輩が凍らなかったかはよく分からん」

慌てて避難してきたのか、火々知はワインボトルを両手に握っていた。ただの酔っ払いにしか見えない。

「恐らく火々知さんが凍らなかったのは、妖怪としての力が強いからでしょう」

「柳村さんはどうして助かったんですか？」

「冷気を感じてすぐに自分の周りに結界を張りました。しかし、困りましたねぇ。ひとまず脱出するついでに中を調べてみましたが、客室にも被害が出ているようです」

　それはそうだろう、と見初はホテルを見上げた。今まで様々な事件が起こってきたが、こんなに大規模な出来事は初めてだ。まるでファンタジーやSFの映画を観ているようだ。

「皆様、大変申し訳ありません。何とお詫びすればよいものか……」

「灯頼様の力でこうなっちゃったんですか⁉　何で⁉」

　困惑する見初に、気まずそうに灯頼が「実は……」と説明を始めようとする。しかし、鬼の形相をした火々知に肩を掴まれ、引き攣った悲鳴へと変わる。

「詫びをしたいというのなら貴様を焼酎漬けにしてやろう……」

「ひっ」

「ストップストップ。何物騒な提案をしてるんですか」

　目が据わっている火々知から守るように、見初は灯頼の前に立った。このままでは、灯頼が漬け込まれてしまう。

「止めるな、時町！　本当ならこやつを今すぐ喰らってもいいのだぞ‼」

「ちゃ、ちゃんと話を聞きましょう！」

「話を聞いたところで……ワインは全て凍ってしまったのだぞ⁉　ワインセラーのあの状況を見てないから、落ち着いていられるのだ……ええい、この恨みと怒り、簡単に鎮まると思うな‼」

「あ、ああ～……」

これは止めづらい。火々知にとってワインは商品であると同時に、何よりも大事な宝物のようなものだ。それをこんな形で全て失ってしまった気持ちは、よく分かる。

どうしましょう、と頭を悩ませながら見初は助けを求めて柳村を見た。そんな彼から意外な発言が飛び出す。

「あ。それなら心配いらないと思いますよ、火々知さん」

「どういうことだ、柳村」

「あの氷は幻により作り出されたものです」

「え？　でも、ここにいるだけで何か寒い感じが……」

「それは幻術のようなものでしょう。寒いと錯覚させているだけで、実際は冷たくないはずです」

「なぜ、それが分かるのだ」

柳村に火々知が疑いの目を向ける。それに対して、柳村が柔和な笑みで答える。

「火々知さんが今、こうしていますからねぇ」

「む？」

「あ。そっか」

言われた本人より先に、見初が言葉の意味に気付く。火々知は蛇の妖怪だからか、寒さに弱い。冬になると、いつも防寒具を手放せないほど。

　その彼がこんな氷の世界から普段の格好で生還出来るはずがない。途中で力尽きて冬眠する。

「本当に寒いわけじゃなくて、幻術だから火々知さんは平気なんですね……」

「それでも氷が見えているということは、多少は効果があるようですが。しかし、この氷がすべて消えれば、何事もなかったかのように元通り。ワインも無事でしょう」

「ならばよいのだが」

「よかったですね、灯頼様！」

　ひとまず、妖怪の焼酎漬けは回避された。あとは、灯頼がこの氷を消せば解決……。

「……重ね重ね、申し訳ないのですが、この氷は私にも消すことが出来ないのです」

「「えっ⁉」」

　見初と火々知の叫びが見事にハモった。

「何度も能力の解除を試みました。ですが、『彼』の悲しみが強すぎるせいか……」

「か、彼？　まさか新郎さん？」

　こんな氷を作り出してしまうほどの負の感情を抱えて披露宴を？　どんな地獄だと青ざめる見初に、灯頼が「いいえ、あの人ではなく」と早口で否定する。

「ちょっとした事故で別の方で能力が発動してしまったのです。その瞬間、彼の感情が私の中にも流れ込んできましたが……とても、悲しい恋の感情でした」

「…………恋？」

「はい。こんなに彼女を想っているのに、どうして自分の気持ちが伝わらないのだろう。報われないのだろう。どうやったら彼女に振り向いてもらえるのか……どうされました？顔色が急に悪く……」

「ぷぅ……」

顔面蒼白で絶句する見初の代わりに、白玉がとりあえず鳴いている。見初の脳裏によぎるのは、ここ最近の冬緒の姿。

彼の絶望と悲しみがこの氷を作り出してしまったのだろうか。何とかしなければ、と思っていてもどうすればいいか分からず、相談したり考えている間に、冬緒の心はこのホテルのように凍て付いてしまった。

もっと早く、本人と腹を割って話すべきだった。

「……この氷を溶かすにはどうすればいいですか？」

「彼の心を救うしかありません。いえ、果たしてそれで解決するかも分かりませんが。私はあのような方に能力を使ったことがなかったので」

「でも、可能性があるなら私行ってきます」

「ま、待ってください。この中に入ると？　人間のあなたが？」

「はい」

「駄目です！　危険すぎる！」

灯頼が首を横に振って止めようとする。

「あなたは見たところ、ただの人間のようです。そちらの方々と違い、幻術を直に受けてしまう。幻と雖《いえど》も、強力なそれは現実と大差がありません。あの中に入れば、一瞬で氷漬けです。入るなら私が責任を持って……」

「私が行かないと駄目なんです」

見初は静かに、けれどはっきりと告げた。彼が待っているのは、きっと自分だ。

「……ですが、人間の体ではとても……」

「ぷぅ！」

張り切ったように白玉が鳴くと、見初の体が淡く白い光で包まれた。何だろうか、仄《ほの》かな暖かさを感じる。それを見た灯頼が驚いたように目を見開く。

「冷気を防ぐ結界……」

「ぷぅ！」

「私には白玉がついていますから」

「で、ですが！　何が起こるか分からな……」

「だったら、吾輩もついていく。それで文句はあるまい？」

口ではそう言いながらも、文句を言わせるつもりがない強い口調で火々知が問いかける。思わぬ助けに硬かった見初の表情が和らぐ。

「火々知さん！」

「吾輩のワインがかかっている。早く済ませるぞ」

「はい、ありがとうございます！」

「まったく人間とは無茶をする生き物だ……」

その様子を見ていた柳村が「では決まりですね」とにっこりと笑う。

「お二人と白玉さんはホテルの中へ。私は外を何とかしましょう」

「外？」

「ええ。あれを見てください」

柳村の視線の先では、ホテルを覆う氷が少しずつ地面にも広がりつつあった。

「あれがホテルの敷地から出ると厄介なことになります。それを食い止めなければなりません。灯頼様、あなたも協力してくださいますね？」

「は、はい。……これは私の能力によるもの。ですが、私にはもう止められない。なら、今出来ることをしようと思います」

「灯頼様のせいじゃなくて、これは私の責任なので」

「……？」

見初の一言に、灯頼が不思議そうな顔をした。

「では、行ってきます。柳村さん、灯頼様、よろしくお願いします！」

「ぷぅ！」

「はい、行ってらっしゃい。火々知さん、時町さんと白玉さんをお願いしますね」

「ふん、吾輩を誰だと思っている」

こんな状況だというのに、どこまでも柳村はいつも通りだ。それが少し怖い、と見初と火々知は思った。


「うわぁ……」

「ぷぅぁ……」

半開きのまま凍り付いてしまった自動ドアの横に、ドアマンの像が置かれている。と思ったら、氷漬けにされた本物のドアマンだった。それに気付き、見初と白玉は湿った悲鳴を上げた。何というか、驚きもしたのだが、生々しさがあって少し薄気味悪いのだ。

「こ、これ大丈夫なんですか……？　ばっちり凍ってるんですけど……」

「死んではおらん。だが、入口にいるこやつですらこの状態だ。会場はどうなっていることか……」

火々知が溜め息をつく。彼は披露宴で出すワインを取りに、ワインセラーに向かっていたらしい。

「どうしよう、永遠子さん凍ってたら……」

「その状態で持ち去る輩《やから》がいるかもしれんな」

「やめてくださいよ、洒落にならない……」

白玉が張ってくれた結界のおかげで寒くないはずなのに、見初は身震いをした。この日、たまたま猫の妖怪たち以外に、人間以外の客がいなかったのは不幸中の幸いか、永遠子にご執心の神などがいたら、新たな別の問題が起きていたかもしれない。

少し緊張しながらロビーを進んでいく。観葉植物やソファーなども氷で覆われており、壁にある時計は針が停止したままになっていた。

しかし、あるものが見当たらない。

「あれっ、永遠子さんがいない……？」

フロントは無人となっていた。今日は夜間スタッフに用事があるということで、永遠子が残業という形で、スタッフが来るまで引き続き業務をしていたはずなのだが。

「ふむ、確かにどこにもいないな……」

「そんな、物みたいに言わないでくださいよ……」

「もしや、吾輩たちに気付かれぬよう、何者かが……」

「ギャー‼　永遠子さーん⁉」

ハァハァ荒い息遣いの妖怪がいる薄暗い部屋に飾られている永遠子。それを想像して見初は恐ろしさのあまり、半泣きで火々知に縋《すが》りついた。

「永遠子さんを！　永遠子さんを返してくださいぃぃぃ‼」

「冗談だ。本当にそんな奴がいたとして、柳村がそれに気付かぬはずがない」

「あ……そうですね」

信頼と実績のある柳村。よかったと胸を撫で下ろしていると、火々知が訝《いぶか》しむような口調で問いを投げかけた。

「しかし、どうするつもりだ」

「何がですか？」

「椿木に何と言うのかと訊いている」

「えっと……？」

見初は目眩《めまい》を起こしそうになった。あまり考えたくないが、これは。

「火々知さんも、私と椿木さんの件を知っていらっしゃる……？」

「知らない者のほうが逆に少ないと思うが」

「わぁー……」

驚異の認識率。天樹や海帆はともかく、火々知の耳に入っていたとは予想外すぎる。自分はともかく、これを知った時の冬緒のメンタルが心配である。

「よいか、時町。この状況を解決するだけのために、椿木を受け入れることだけはやめろ。どちらにとっても酷な話だ」

そして、火々知が見初と冬緒を心から案じてくれているのが分かる。このことを心配して、ついてきてくれたのもあるかもしれない。妖怪として永く生きている彼らしい、冷静な意見だった。

ただ、火々知は少し勘違いをしているらしい。

「あのですね、火々知さん。私は椿木さんを……」

「見初ちゃん……⁉」

だが、その声を聞いて、考えていたことが一気に吹き飛んだ。紙袋片手にこちらへ向かってくる永遠子の姿に、見初は涙ぐむ。

「と、永遠子さん……！」

「見初ちゃんがどうしてここにいるの⁉　寮にいたはずじゃ……」

「無事で良かったぁ〜〜〜‼」

「え、ええ。ふゆ……」

「デュフデュフッて変な笑い方する妖怪の部屋に飾られてない〜〜〜‼」

「何のこと⁉」

見初の話についていけず、永遠子が叫ぶように訊いた。すると、「見初様～！」とまた耳に馴染んだ声が聞こえてくる。

永遠子の後ろから雷訪が駆けてきた。

「雷訪も無事だったんだね、よかった」

「私は無事ですが……」

「あれ？　でも、風来は？」

いつでも二匹はセットで行動している。片割れがいないだけでこんなに違和感がある。訊くと、雷訪の瞳から滝のような涙が流れ出す。もはやナイアガラ。

「風来は……風来は……！」

「どうしたの⁉　風来は今、どこにいるの⁉」

「……ここよ」

永遠子が答え、沈痛な面持ちで見初に持っていた紙袋の中身を見せる。氷漬けにされた風来だった。

「風来……なんて変わり果てた姿に……」

「雷訪ちゃんが置いてけぼりにしたくないって泣くから、こうして持ってきたの」

「しかも、物扱い」

しかし、雷訪は無事で、風来が冷凍保存。この二匹に何が起こったのだろうか。

「実は披露宴の客の中に、かつて白陽様の森で共に暮らしていた者がいまして……風来と二匹でこっそり会場に忍び込み、会いに行こうとしたのですが……」

「私は二匹を追い出すために会場に呼ばれたの。この子たちを回収したら、すぐにフロントに戻るつもりだったんだけど」

「永遠子さんも雷訪も会場にいたんですか⁉」

それでよく無事だったものだ。火々知も驚いた顔をしている。が、更なる衝撃はここからだった。

「灯頼様の力が誤った形で発動してしまって、会場が一気に凍り始めたんだけど、冬ちゃんが私たちにこれを咄嗟《とっさ》に渡してくれたおかげで、助かったの」

「どうやら、これが結界を張ってくれているようです」

永遠子と雷訪の手には青白く光る札があった。そこに描かれた椿の花を、見初と火々知は顔を近付けて凝視した。

「あ、あれ……？　火々知さん、これって」

「椿木の札だな。間違いなく」

「どうしたの、二人とも？」

「……これをくれた時、椿木さん何か言ってましたか？」

「『こっちは何とかするから、永遠子さんと雷訪だけでも外に逃げてくれ』って……」

「天樹様にも札を渡していました」

　思い出しながら答えていく永遠子と雷訪に、見初はじわり、じわりと違和感を覚えていた。この氷を作り出すほどの、絶望に襲われていた人物とは思えない行動ぶりである。

　いや、灯頼と同じで自分で起こした問題を解決しようと、躍起《やっき》になっていたのかもしれないが。

「あ、あの永遠子さん、灯頼様が能力を使ってしまった人って……」

　パキンッ、と鋭い音がした。その直後、見初の目の前に氷の壁が現れ、火々知たちの姿が見えなくなってしまった。

「か、火々知さん！　永遠子さん！　雷訪！」

　呼びかけてみるが、反応がない。声が届いていないのだろうか。壁が分厚く、表面を覆う白い霜のせいで向こうも見えない。

　火々知なら壁を壊せるか。そこまで考えて見初は握り拳を作った。

「……待ってる暇じゃない」

「ぷぅ！」

「うん、急ごう。何が起こってるのかよく分からないけど、椿木さんには会わないと」

「ぷぅ〜〜っ‼」

　白玉も応援してくれているのか、元気に鳴いている。ここまで付き合ってくれる白兎の頭を優しく撫でてから、見初は走り出した。

「うむ……この氷、吾輩でも壊せぬか」

忌々《いまいま》しげに火々知が氷の壁を叩く。元の姿に戻れば、壊せるかもしれないが、その場合ホテルも壊れる。これはお手上げだと、火々知は舌打ちをした。

「大丈夫かしら、見初ちゃん」

「時町なら白玉がついている。心配は要らん」

「……そうね」

「それよりも椿木だ。この氷の原因は椿木ではないのか？」

「冬ちゃんが？」

永遠子が首を傾げ、

「なぜ、そのような話になるのです？」

雷訪が呆れ気味に訊き返した。

「逆よ。むしろ、冬ちゃんは氷を生み出してしまった人を捜しに行くって言ってたわ。気付いたら、会場から姿を消してたみたいなのよ」

「……そうだったのか」

「最初、冬ちゃんが灯頼様の力を受けそうになったんだけど、直前で何とか避けたのよ」

「すごい動きでしたな。隣にいた天樹様が驚いた顔をしておりました」

「ただ、代わりにその後ろにいたお客様が受けちゃって……」

「……ふむ。それを時町は知らないまま行ってしまったか」

というより、来た意味がなかった。勝手に勘違いして、勝手に使命感に駆られて突入したわけだが、柳村一人を放り込んでおけば良かった気がしてならない。

「まあ……時町のことだ。何とかなるだろう」

「火々知さん？」

「こちらの話だ。しかし、狸は札を渡されなかったのか？　椿木は差別するような男ではないだろう」

「風来は永遠子様に捕まらないよう、テーブルの下に隠れていましたので」

憐れむように、雷訪が経緯を説明する。なので、札を渡す余裕が冬緒にもなかったようだ。

これで謎が一つ解けた。別に解かなくてもよさそうな謎だったが。本題はここからだ。

「あの鳥妖怪の能力を受けたのは、客なのだろう。それがこれほどの現象を引き起こした理由が分からないのだが」

「そうね……でも、ひょっとしたら……」

永遠子は視線を床に落とした。その声と表情に、同情と憐憫《れんびん》を込めて。

「彼、新婦さんのことをじっと見てたの。悲しそうに、眩しそうに。だから、多分――」

◆　◆　◆

この宿のありとあらゆる場所が氷に閉じ込められていく。最上階、屋上と呼ばれる屋根のない部屋も同様で、少しずつではあるものの、凍り始めている。

真冬のような容赦のない冷気に全身を震わせながら、男は夜空を見上げた。頭から生えた猫の耳は垂れ、尻尾の先端には霜が付着している。自分も、もうすぐ『彼女』のようになってしまうのだろうか。

数多《あまた》の星々が輝く、澄んだ黒い空。何度この景色を見上げながら、愛しい彼女を想い続けたか。それすらも定かではなくなるくらい、永い間、恋をしていた。

それがこんな形で。

「俺は……最低な奴だ……」

記念すべき披露宴を台無しにしてしまった。それどころか、宿そのものに迷惑をかけている。氷に消えてくれと訴えても、何も変わらなかった。

氷の範囲もどんどん広がりつつある。諦めの境地の中にいると、背後から人の気配がした。

「……あんた、こんな所にいたんだな」

あの時、自分の前にいた宿の人間だ。彼が羽を避けずに受け止めていれば、こんなことには。理不尽な怒りだと自覚しつつも、男は尻尾の毛を逆立てながら、彼を強く睨んだ。

「お前、陰陽師だろ？　俺を祓《はら》いにきたのか」

「どうしてそうなるんだよ」

「俺を祓えば、あの妖怪の妙な術が消えて、氷もなくなるに決まってるからだろ」

「俺はお前を祓うつもりはないよ」

だったら、嘲笑《あざわら》いに来たのか。後悔交じりの怒りを言葉にしてぶつけようとする男に、冬緒が告げる。

「ただ、あんたと話がしたいんだ」

その声はとても穏やかだった。

◆　◆　◆

「うぎゃぁあああぁぁ‼」

凍て付くホテルの中に響き渡る叫び。見初は現在、大きな試練と闘っていた。白玉も見初の腕の中で、「ぷ、ぷぅ！　ぷぅ⁉」とテンパっている。

「うぐっ、あ、うわぁ、無理、無理、もっ、もう駄目だ〜〜〜〜〜〜‼」

ずっと心の強さを見せていた見初の口から連発される、「無理」と「駄目」のワード。

震える足を恐る恐る前に出してみると、つるんっと滑り、「アッ‼」と悲鳴が上がる。

床にうっすらと氷が張り、アイススケート場と化しているのだ。そのせいで先ほどからまったく前に進まず、生まれたての仔馬状態である。

「こんなことをしてる場合じゃないのに……！」

一刻も早く冬緒を捜さなければならない。それは分かっているのだが、とにかく滑る。

最近、体重が再び危険水位に達しようとしているはずなのだが、無駄についた肉が滑り止めの役目を果たしてくれない。

「う、うぅ……！　私の贅肉が仕事をしてくれない……！」

「ぷぅ……」

堕落の象徴の贅肉に、働きを望むのが間違っている。白玉が気の毒そうに鳴いていると、今度は思い切り滑って後ろに体が倒れていく。

「うわ……っ！」

受け身を取る余裕もない。痛みを覚悟して目を瞑った瞬間、誰かが両腕を掴んでくれた。

「危ない」

その声に瞼《まぶた》を開けば、優しく微笑む青年の姿。

「天樹さん……」

「君なら来てくれると思ってた。ありがとう、時町さん」

「もう前に一歩も進めないと思ってました……」

「う、うん、時町さん、バランス感覚があんまりなかったりするのかな……」

安堵の溜め息をつく見初に、天樹は苦笑した。

◆◆◆

「あんたに羽が触れた時、近くにいた俺にあんたの感情が流れてきたんだ。……好きなんだな、あの新婦のことが。今でも」

少しずつ距離を詰めながら、冬緒がどこか寂しげな声で指摘する。それから男の顔が歪《ゆが》むのを見て、首を横に振った。

「違うよ。好きでいることを責めてるわけじゃない。似てるって思ったんだ。俺と」

「お前も誰か好きな人がいるのか……」

「いるし、今も片想いのままだ。悲しいよな、好きだって思い続けてるのに、報われないのは」

「……そうだ。報われない」

男はその場に座り込み、空を仰ぎながら乾いた声で言葉を放つ。

「片想いだなんて無駄なことをした。しかも、向こうは俺の気持ちになんてこれっぽっちも気付かないで、披露宴なんてものに呼び出すし……」

パキ、ピシッという音とともに屋上を氷が侵していく。自らの脚が凍っていくのを見ても、それが自身の罰だとばかりに、男はぼんやりと眺めていた。

「こうなったのは偶然の連続によるものだろうな。でも、俺がいなかったら、彼女を好きじゃなかったら、こんなことにはなっていなかった。あの子も氷に呑まれなかったよ。……好きにならなければよかった」

「…………」

「お前もそう思ったことあるだろ？」

「ある。特に最近はしょっちゅうだな。……でも、好きになれてよかったとも思ってる」

何で。そう言いたげに男が口を開閉させる。今の彼にとっては理解出来ない考えだろう。自分でも信じられない。冬緒は小さく噴き出した。

「俺はあの子の強さや優しさに何度も救われてきた。好きになったきっかけもそれだった。あの子と一緒にいるうちに変わることが出来て……自分の家ともある程度打ち解けられるようになった。あの子に惹かれたから今の俺がいるんだ」

「……片想いのままなのに、それでもいいくらい素敵な相手なのか」

「ああ。いつも元気で……」

「椿木さん!!」

「ほら、こんな感じで…………………えっ⁉　何か聞こえた！」

　幻聴か。思わず屋上の入口を見た冬緒の呼吸が一瞬、止まった。白玉を抱えた見初がそこにいる。

「何で時町が……!?」

「椿木さんがホテルを凍らせちゃったって聞いて、いても立ってもいられず！」

「はぁ!?」

　それ、どこからの情報。冤罪《えんざい》の予感に愕然とする冬緒だったが、見初を見て瞠目《どうもく》する。

　どこか切なげに眉を寄せる表情。何かを追い求めるような眼差し。その姿に淡い期待を抱いた胸が高鳴る。

　だが、現実はホテルを覆う氷より冷たい。

「現時点で私は椿木さんに恋愛感情はありません。多分」

「お前、その表情でそれを言うのか!?　しかも、滅茶苦茶直球すぎるだろ‼」

「正直に言ったほうがいいのかなって……」

「言葉の暴力はずっと心に残り続けるんだよ‼」

　ワンチャンを狙っていただけに、ダメージが大きい。……だが、見初の答えに安心している自分もいることに冬緒は気付いていた。

　見初はホテルが氷漬けになった理由をある程度知っていて、灯頼が冬緒に能力を使ったためと思い込んでいる。それを承知で、見初はきっぱりと言い切ったのである。

「お前が俺の恋人になるって言ってくれたら、氷溶けるかもしれないのにな……」

「……椿木さんだって、それは望んでないと思って」

「思わない。思うわけない。お前の気持ちを捻じ曲げてまで、お前に俺の気持ちを受け入れて欲しくないんだ。……怯えさせたくもない」

「ん？　怯え……？」

しんみりした雰囲気だったのが、冬緒の一言で一変する。「何じゃそりゃ」というような顔の見初に、冬緒は引っ掛かりを感じた。

「怖がってないの？　俺に好きって思われて」

「何で怖がる必要があるんですか」

「だって、お前何か怖がってなかった？」

「あれは椿木さんが自ら命を絶つのでは、という不安と闘っていただけであって……」

「俺の命を心配してたのか⁉」

まさかの真相だった。天樹は気付いていたか、聞かされていたのだろう。空気を読んでか、ずっと静かにしている白玉もきっと。

何だか、心がスッキリしたような気分だ。結局、見初から一番望む言葉はもらっていないというのに。

すると、見初が少し照れた様子で笑った。可愛い。

「椿木さん、交換日記始めてみませんか？」

「交換日記？」

「はい。まずはお友だちとして、交換日記から始めましょうってあるじゃないですか」

「え、おい、時町それって」

期待していいのだろうか。いや、するなと言われてもしてしまう。顔が急激に熱くなっていくのを感じながら尋ねようとする冬緒に、見初は緩やかに微笑んだ。

「椿木さんのことをもっと色々知りたいんです。そしたら、椿木さんと同じ気持ちになれるかもしれないから」

「うん……」

「ぜ、全然気付けなかった私が言えることじゃないんですけ……」

「ノート」

苦笑する見初に冬緒が声を被《かぶ》せた。

「俺が準備するからよろしくな」

「……はい。よろしくお願いします」

二人で頭を下げて笑い合う。

その光景を眺めていた妖怪が冬緒に尋ねる。

「……それでいいのか？　その子に好きになってもらえない可能性だってあるのに」

「いいんだよ」

間髪を容れず、冬緒は答えを出した。

「こいつの、こういうところを好きになったんだから」

「……俺には真似が出来ない想い方だな。ああ、でも理解は出来そうだ」

男が口元を緩める。瞬間、屋上を覆っていた氷がゆっくりと溶け出した。

「俺も、彼女の笑顔を一目見て恋に落ちたんだ。彼女はあの男の隣にいる時、一番幸せそうに微笑む。それを見ることが出来るのなら、俺は……」

屋上だけではない。ホテル全体の氷が溶けていく。

披露宴会場は何事もなかったかのように賑やかさを取り戻し、永遠子が持つ紙袋から解凍された風来が顔を出し、火々知がワインセラーへ走り出す。

氷が消えたホテル櫻葉の姿に、灯頼が涙ぐみ、柳村が小さく拍手をする。

そして、屋上へと続く階段の脇では天樹が安心したように微笑んでいた。

「氷！　溶けましたよ、椿木さん！」

「そうだな……披露宴に戻って、終わったらノート買いに行って……」

「……ところで、その妖怪さんはいったい？」

「似た者同士だよ。俺と」

冬緒はほろ苦い笑みを浮かべ、優しい声で男をそう称したのだった。

Q．というわけで二人の交換日記は始まったのですね？
A．フロント担当の女性「ええ。まあ、始まったみたいなんだけど……」
Q．何か問題でも？
A．狸「あるの？　二人とも楽しそうに書いてるけど」
Q．狸はそう言ってますが。
A．バーテンダーの女性「楽しいのはいいんだけど、内容を聞いたら仕事のこと、白玉のこと、夕飯の話題ばかりっぽい」
Q．業務報告書と小学生の夏休み日記では？
A．ソムリエ「二人とも恋愛経験が皆無だったせいだろう」
Q．進展ありそうですか？
A．狐「無理な予感がしますぞ」

Q. 狐がそう言ってますが？
A. ベルボーイ「鍋にして食うぞ。あと、これからはちょこちょこ時町に正直に思ってることを伝えようと思います」
Q. 伝えられてますか？
A. ベルガール「交換日記での私の字を見て可愛いと顔を赤くして言われました。天樹さんと海帆さんに相談してみます」
Q. 相談されてどうでした？
A. 厨房兼バーの従業員「僕は彼のそういうところ嫌いじゃないので、温かく見守ろうと思います」
Q. あなたはどう思いました？
A. バーテンダーの女性「滅茶苦茶健全な仲だし、まぁ……」
Q. あなたはちょっと複雑そうですが、見初さんを取られちゃうと思ってるんですね？

A. 兎「ぷぅ……」

Q. 兎さんが寂しがっているようですが？

A. ベルボーイ「時町も白玉も同じぐらい好きです。寂しがらないで欲しい」

Q. 同じぐらい？

A. ベルガール「深い意味はないと思うので、気にしないであげてください」

以上、第一回ホテル櫻葉Q＆Aコーナーでした。では次回もお楽しみに。

「何してんだ、ひととせ……」
「よくテレビとかでこういう企画あるよね」

第二話　最期の幸せと鬼

死ぬということは、生きているモノにいつか訪れる一つの終わりだ。人間も、妖怪も、神ですら逃れることは出来ない。違いがあるとするなら、そこに行き着くまでの時間の差。平等で、例外などありはしない。

けれど、酷いくらいに理不尽なやつなのだ、あいつは。本人の意思とは関係なくやって来ては、勝手に生涯を終わらせてしまう。だから皆死を恐れる、嫌がる。

「その悲しみを少しでも癒してやりたい。そんな風に思うことそのものが罪であると自覚はしている」

燃え盛る業火《ごうか》の中に消えていった彼の言葉が、今も耳にこびりついて離れない。


「桃山《ももやま》さん、美人の客の部屋に入り浸ってるってよ」

海帆《みほ》に大真面目な顔でそう告げられ、見初《みそめ》は「はぁ」とバリバリ煎餅を齧《かじ》りながら相槌を打った。

「あ、信じてないだろ見初」

「だって……桃山さんですよ？」

別に他の従業員ならやりかねない。しかし、桃山はその中でも絶対に有り得ない人物だ。あの料理長が女性の部屋に入り浸るのはちょっと想像出来ない。

「え～？　桃山さんがそんなことするわけないじゃん」

「風来《ふうらい》と同意見ですな！」

テレビでバラエティの番組を観ていた風来と雷訪《らいほう》が、互いに頷き合う。

「桃山様……そういう方には見えないです……」

本棚にあった少女漫画を読んでいた柚枝《ゆえ》が、訝《いぶか》しげに自らの意見を口にする。

「ぷう……？」

そして、不思議そうに鳴く白玉《しらたま》。

「見初の部屋、人外率異常に高いのは何で？」

「人外というか動物率ですかね」

見初は時々ここが自分の部屋ではなく、動物園では……と錯覚を起こすことがある。

「でも、見た人がいるんだって。自分で作ったお菓子持って部屋に行く桃山さんを！　しかも、客がすんごい美人！」

「何と……」

「それもその客が泊まる度に会いに行ってるみたいでさ。つまり、そういうことだって」

海帆の声にはやけに力が入っており、珍しいなぁと見初は目を丸くする。人の恋愛沙汰には、あまり首を突っ込まない性格だと思うのだが。

もしかして、と一つの問いを投げかける。

「……そのお客様って人間ではないとか？」

「当たり」

はぁ、と深い溜め息をついて、海帆は詳しく語り出した。

「見初なら覚えてんじゃないかな。頭から角を生やしてて、真っ赤な着物着てるらしいんだけど」

「うーん……」

そう言われても。何せ、神であろうが妖怪だろうがやって来るのが、このホテル櫻葉《さくらば》だ。角を生やした、赤い着物の客と言われても候補が多い。

「桃山さんに直接訊いてみたんだけど、『ただの……友人だ……』って明後日の方向を見ながら答えるしさ」

「何て分かりやすい嘘を……」

しかも、海帆による桃山の物真似が何気なく上手い。

「永遠子《とわこ》さんなら何か知ってるかなって思ったんだけど、分からないって言われたんだよなぁ」

海帆がこの件をやたらと調べたがる理由を、見初は何となく察していた。決して、興味があるだとか、そんなものではない。きっと桃山のことが心配なのだ。以前にも桃山は一人の妖怪と交流を持っていた。他の誰にも知られることなく、夜の邂逅《かいこう》を延々と繰り返し、やがて終わりを迎えた。

「あの人、鈍い性格だから、ちょっと心配だわ……その客が危なくなきゃいいけど」

腕を組みながら渋い顔つきになる海帆に、見初も表情に不安を滲ませる。そんな人間二人の様子を、妖怪たちは無言で見詰めていた。


半月後の夜、ホテル櫻葉の厨房には一人で作業する桃山の姿があった。翌日の料理の仕込みや、新メニューの試作であれば他の従業員も手伝わせるが、そこにいるのは調理長のみだった。

底が深い透明なグラスに甘酸っぱいベリーのソースを少量注ぎ、それを甘いバニラアイスで覆い隠す。更に小さめにカッティングされたシロップ漬けのフルーツ、シリアルフレーク、生クリームをグラス内に積み重ねていく。クリームとアイスの甘みで舌が疲れてしまわないよう、フルーツに使われたシロップは甘さが控えめだ。

生クリームで真っ白な山を作ったら、最後にやや大きく切ったフルーツで飾り付ける。

暖かな時期限定メニュー、フルーツパフェの完成である。

レストランで出しているものと違いがあるとするなら、サイズだろうか。小さめのグラスで作られたそれは、少し物足りない量かもしれない。

「よし……」

グラスをトレイに載せると、桃山は厨房を出た。すぐにどこかに行こうとはせず、きょろきょろと周囲を見回す。人の気配はない。すぐ側に巨大な招き猫が置かれていること以外は不審な点は見られない。招き猫のくせに顔が狸っぽいそれに小さく会釈をし、そのまま『目的地』へ向かう。

桃山の後ろ姿が小さくなり始めた頃、招き猫の背後からそっと顔を覗かせたのは、柚枝と雷訪だった。

「……桃山さん、気付いていたのでしょうか？」

「気付いていませんな、アレは」

怪訝《けげん》そうに言葉を交わしていると、招き猫がぽふんと白い煙に包まれた。

「何で気付かなかったんだろ、桃山おじちゃん……オイラ、絶対にバレると思ってたのに」

招き猫の正体は変化の術を使った風来だった。

「ですが、何故招き猫に変身したのですか。しかも、顔が絶妙にあなたそっくりの狸面、桃山様でなかったら絶対に気付かれていましたぞ」

「オイラだって焦ってたんだってば！　急に隠れられるようなものに変身しろって言われても、困るじゃんか！」

「え、えっと、でも風来ちゃんのおかげで桃山様に気付かれなかったので……！」

両手を大きく振りながら、柚枝が喧嘩の仲裁に入る。その制止の声に二匹は我に返った。

こんなことをしている場合ではないのだ。

「そ、そうだ、早く桃山おじちゃんを追いかけないと！」

「そうですな！　ここで取り逃がしたら海帆様から話を聞いた翌日から、ずっと桃山様を見張っていた苦労が水の泡になってしまいますぞ！」

雷訪の力強い言葉に、風来と柚枝は頷いた。桃山がいつ、どこの誰と、どの部屋に会いに行くか分からない以上、その時が来るまでこっそり監視するしかなかった。普段は仕事が終わった後は寮の自室に戻ったり、寮の食堂で朝食の仕込みをするだけの桃山だったが、今夜ついに動きがあった。

寮を出る時も誰にも見られたくなかったからか、やけにこそこそと隠れて裏口から抜け出していた。

そして、女性が喜びそうなお洒落なパフェ。

「でも、どんな妖怪なんだろ。美人さんらしいけど……」

「桃山様は美貌に釣られて騙されるような御仁ではないはずですが、万が一ということもありますからな。もしもの時は私たちが、桃山様を守らねば」

「……皆さんがここまで桃山様を心配なさっているのは、以前にもこういうことがあったからなんですか？」

「うん。その時は比良《ひら》って妖怪だったんだけどね」

「比……!?」

風来の口から出た名前に、柚枝の顔色が一瞬で変わった。

「比良って、もしかして人間の男を何人も殺した、あの……!?」

「はい。それはもう、恐ろしい妖怪だったようです」

「そんな方が桃山様と……ひぃぃ……」

「でも、悪い妖怪じゃなかったと思うなぁ」

「風来ちゃん？」

「だって、見初姐《ねえ》さんが言ってたよ。比良は桃山おじちゃんのことを大切に想ってたんだって」

遊女の怨念から生まれた比良の存在は、桃山の身を危険に晒《さら》した。けれど、彼女を祓《はら》うために現れた陰陽師が桃山を利用しようとした時、彼を守ったのも比良だった。多くの人間を殺《あや》めた罪は赦《ゆる》されるものではない。それは彼女自身も分かっていただろう。

だが、桃山との出会いは、堕ちるしかなかった彼女にとって確かな救いになった。

「比良は……最期に幸せを見付けられ……」

「あー！　桃山おじちゃんどこに行ったか分かんなくなっちゃった！」

「こっちですぞ、風来、柚枝様！」

「はい！」

「すごい雷訪！　何で分かったの⁉」

「このお馬鹿風来！　匂いを辿《たど》ればいいだけの話でしょうが！」

「何だとー！」

「け、喧嘩は後にしましょう……！」

何かのきっかけで口喧嘩をする獣どもと、それを止める少女。そのやり取りはこの後も数回行われた。

◆　◆　◆

「あの部屋かな？」

「しっ。静かになさい」

「もがぁ」

とある客室のドアを数回ノックする桃山の姿に思わず声が出た風来の口を、雷訪が両手で塞ぐ。二匹の毛並みがやけにぼさぼさなのは、一度口喧嘩を超えて軽い取っ組み合いが始まったからである。

近くで見られていると気付いていないらしい桃山は、部屋の前で立っている。ドアが開くのを待っているのか、銅像の如くずっと同じ体勢を保ったままだ。

「……それにしても何か嫌な感じしない？」

「風来、ちょっとお黙りなさいな」

「ごめんって。でも雷訪も感じない？」

「ううむ……」

風来と同じものを感じ取りながら、雷訪は小声で唸り声を上げた。なぜか、先ほどから全身の毛がぞわぞわと逆立っているのだ。本能が何らかの脅威を察知しているらしい。出来れば今すぐ、この場から逃げ去ってしまいたい。そんな衝動に駆られそうになっている自分に驚く。

「うむむ……もしや、桃山様が会おうとしている人物に、我々は怯えているのでしょうか？」

「あ、雷訪、柚っちゃん、見て見て」

ゆっくりとドアが開かれる。緊張の一瞬である。風来たちは息をするのも忘れて、中にいた客がドアの向こうから現れるのを待った。

　すると、鮮やかな緋《ひ》色の着物姿の女が見えた。長めの黒髪は後ろで結んでいるらしい。どこか暗い雰囲気を漂わせているが、事前に得ていた情報通り、美貌の持ち主だった。女神が持つような優雅さだったり、儚《はかな》げな美しさではなく、危うさを纏《まと》った陰のある美。更に女の頭部からは鋭い角が二本生えていた。

　人間でないのは確かだが、神の気も感じられない。ただ、普通の妖怪とも何か違うような。女の美しさに見惚れつつ疑問を抱いていた柚枝だったが、隣の二匹の様子がおかしいことに気付く。

「風来ちゃん？　雷訪ちゃん？」

「あ、あわわわわわ……」

「な、何ということでしょう……」

「どうして、そんなに震えてるんですか……？」

　二匹のバイブレーションが止まらない。あの女妖怪のことを知っているのだろうか。柚枝が訊こうとすると、風来が震える前肢で彼女を指した。

「あ、あ、あの妖怪……鬼なんだ、けど……」

「はい。でも……鬼のお客様なら普段から普通にいらっしゃいます」

「たっ、ただの鬼ではありませんぞ！」

　まるでこの世の終わりとでも言うような声で雷訪が叫ぶ。

「あれは獄卒《ごくそつ》です‼」

獄卒。どこかで聞いたことがある名称に、柚枝は首を傾げた。

「ごくそつ……？」

「地獄で亡者たちに刑罰を与える役割を持つ恐ろしい鬼のことですぞ‼」

「何で何で⁉　何であの世の鬼がうちのホテルにいるのー⁉」

「ああ、あまり騒ぐと……！」

パニック状態にある風来と雷訪を何とか宥《なだ》めようとする柚枝だったが、既に手遅れだった。桃山と会話をしていた鬼の女が、柚枝たちへ視線を向ける。

「君たち、私が獄卒だとよく見抜いたな……」

感心を含ませた声。それは二匹をより一層、恐怖で震え上がらせた。

「「やっぱり～～～～‼」」

その絶叫はホテル中に響き渡った。


ほぼ同時刻。一階の売店では驚愕の表情を浮かべる見初と、自慢げに胸を張る永遠子、そして見初の腕の中で震える白玉がいた。

白玉をモチーフにした兎のキャラクターの爆誕により、売店にはそのグッズが置かれるようになった。以前、イベントで配ったような数種類のハーバリウムや押し花の栞《しおり》、花の耳飾りをつけた兎のぬいぐるみなど。主に女性や子供をターゲットにした、ホテル櫻葉オリジナルのお土産コーナー。そこに新参者が仲間入りを果たそうとしていた。

「どうかしら、見初ちゃん。このこんにゃくドジョウサンドイッチ!!」

鼻息を荒くして永遠子がプレゼンするのは、こんにゃく入りのサンドイッチ。ではなく、こんにゃくで具を挟んだサンドイッチである。

「ぷるぷるのこんにゃくの間には、ドジョウの佃煮と大根がサンドされているの。それにこの味噌をつけて食べ……」

「白玉がかつてない程怯えているんですけど……」

視界にすら入れたくないのか、白玉が見初の脇に顔を埋めたまま動こうとしない。

「えっと、そもそも何でこの組み合わせなんですか？」

こんなモンスターメニュー、酔っ払った時でないと思い付かないし、それを採用するなんて正気の沙汰じゃない。疲れているんだろうか……と本気で心配しながら見初が尋ねると、永遠子は「よくぞ訊いてくれました」とばかりに目を輝かせた。

「ドジョウは安来節《やすぎぶし》からきているのよ」

島根《しまね》に伝わる郷土民謡である。明治、大正時代に他の地域にも広まるようになった安来節の中で、一番有名と言っても過言ではないのがドジョウすくい踊りだ。島根県東部に位置する安来《やすぎ》市ではよく食べられており、ホテル櫻葉でも柳川《やながわ》風に調理されて登場する。

出雲《いずも》以外の食材にも触れて欲しいという気持ちからだ。

穴子とは違った風味が好きで、寮での食事で登場するとはしゃいでいた見初だが、そんな大好物を前にしてもまったく心が躍らない。まさかドジョウ本人も自分がこんにゃくにサンドイッチされるとは思わなかっただろう。

「ドジョウが……こんな姿じゃ……可哀想です……」

「み、見初ちゃん⁉　桃山さんみたいな口調に……⁉」

「何でこんにゃくを出したんですか……」

「それはホテル櫻葉の誕生に深く関わるの」

聞いたことない。今夜初めて明らかになった事実だった。

「このホテル内の構造を皆で話し合う会議をしていた時、いつも、皆でこんにゃくの煮つけを食べていたらしいの。深く考え過ぎても疲れてしまうから、頭を柔らかくしようってことね」

「だったら普通にドジョウとこんにゃく煮込めばいいじゃないですか‼」

「見初ちゃん、こういうのはインパクトを狙わないと！」

永遠子の目は本気だった。以前、従業員や客を恐怖のどん底に叩き落としたマスコットの件といい、とんだセンスの持ち主である可能性が高い。

「とりあえず一週間試しに売ってみましょう！」

「買ってくれる人いるかなぁ……」

これで売れ残ったらドジョウたちの魂が浮かばれない。駄目だったら見初たちが食べて、鎮魂の儀を行うかもしれない。そう覚悟を決めていた時だった。

遠くから風来と雷訪の悲鳴が聞こえて来た。

「ぷ？」

ぴょこん、と白玉が見初の脇から顔を出す。

「何であの二匹がこんな時間に……？」

「客室のほうからかしら……って、あっ！」

「永遠子さん？」

心当たりがあるらしい永遠子の表情が変わった。慌てた様子で走り出すので、見初もそれを追いかける。

「あの子たちが、あそこまで悲鳴上げるなんて……あの人に気付いたのかもしれないわ……」

「あ、あの人？」

「ぷっ！　ぷぅ～～～!!」

とある部屋の前に風来と雷訪が、柚枝にしがみつきながら泣き叫んでいる。その光景に呆然としている角を生やした赤い着物の女。パフェを載せたトレイ片手に固まっている桃山。何が起こっているのか分からない。

「柚枝様、二匹ともどうしちゃったんですか……？」

「わ、私にもよく……ただ、こちらのお客様のことを……」

「み、見初姐さん！　この鬼、獄卒だよ！　桃山おじちゃんを迎えに来たんだって！」

「ご、ごくそつ？」

「桃山様が地獄に落とされてしまいます‼」

予想もしていなかった物騒な話になった。見初が思わず鬼を見ると、彼女は言葉に迷っているようで、顎《あご》に指を添えて考え込んでいた。

「こら。この方は桃山さんをお迎えに来たわけじゃないわよ」

慌てふためく二匹をやんわりと咎《とが》めたのは、やや呆れ気味の永遠子だった。すると、鬼は「どうか怒らないで」と言葉を紡いだ。

「彼らは桃山殿を案じているだけ。それに私が獄卒だと知れば怯えるのも無理はありません」

「あ、あの、永遠子さん。獄卒って……？」

無津《むつ》。確か、それがこの鬼の名だ。時折、やって来る客で、いつも夕暮れ時にチェックインし、夜になるとどこかに外出し、明け方になるとホテルに戻って来るらしい。少し暗い雰囲気はあるが礼儀正しく、騒がしく粗暴な性格の持ち主が多い鬼にしては穏やかな方というのが見初の印象だった。

「うーん……獄卒っていうのは……ね……」

「……つののおねえちゃん。どうしたの？」

引き攣《つ》った笑みを浮かべて逡巡《しゅんじゅん》した様子の永遠子だったが、途切れ途切れだった言葉を止めたのは幼い声だった。無津の部屋から五、六歳の小さな子供が不思議そうに周囲を見回している。

「ああ、何でもないよ。ほら、部屋にお帰り」

「あっ、たぬきさんときつねさんがいる！　かわいいね」

笑みを浮かべる子供。だが、その姿に見初たちは息を呑んだ。

子供の体はうっすら透けており、左腕と右足に至っては完全に消えてしまっていた。子供の、幽霊だった。

「頼みが……ある……」

ちょい、と桃山が風来と雷訪に声をかけ、耳打ちする。

「え？　う、うん……でも、オイラでいいの？」

「俺はきっと……顔が怖いと泣かれる……」

桃山がトレイを風来に差し出す。それを二匹で支え、子供の下へ運んでいく。

「わぁ……！　きれいでおいしそう！」

「こ、これ、君にってオイラたちが作ったんだよ」

「とっても美味しいですぞ」

「うん！　ありがとう！」

笑顔で礼を言う子供の姿は痛々しい。けれど、本人に悲愴感はなく、目の前のパフェに満面の笑みを浮かべている。そんな光景を困惑しながらも見守っていた見初は、ふと視線をずらしたことで気付く。

無津が慈しむような柔らかな眼差しで子供を見詰めていた。

◆◆◆

「おいしー……！」

「良かったねぇ」

「はい！　たぬきさんときつねさんにもあげる！」

「えっ、いいの？」

「いいわけないでしょうが！　これはあなたのために作られたもの。あなたが全部食べるのです」

幸せそうにパフェを食べる子供を風来と雷訪が眺めている。その隣の部屋で無津は窓辺に寄りかかりながら、外の闇に目を向けていた。

「拷問によって地獄に堕ちた亡者へ苦痛を与える獄卒には、幼い子供の魂を迎えに行く役割を持つ者もいる。それが私なんだ」

「どうして子供の魂だけを迎えに行くんですか？」

見初にとっては素朴な疑問だった。幽霊など、わんさかいる。かつての就活地獄もこの世に留まる幽霊が原因であることが多かった。

「現世に留まり続けた魂は次第に澱《よど》み、穢《けが》れて悪霊になってしまうことがある。そして、生きている人間たちに危害を加えれば、一つの例外もなく過酷な罰が待っている。……触れるだけであらゆるモノを操ることが出来る神の力ならば、堕ちた魂も浄化してやれるそうだが」

「…………」

「ただでさえ幼くして亡くなったんだ。いつまでも閻魔《えんま》の裁きを受けられず、この世に彷徨《さまよ》い続けて悪霊に成り果てて地獄行き。それはあまりにも惨《むご》い。だから、私のように子供の霊を地獄に連れて行く獄卒がいる」

「……永遠子さんは無津様のこと知ってたんですか？」

「ええ。桃山さんから相談をされた時から」

「桃山さんから……」

桃山が小さく頷いた。

「最期の楽しみとして……菓子を作ってやって欲しいと……彼女から頼まれた……」

「親よりも先に死んだ子供の魂は賽《さい》の河原《かわら》で石を積み続ける罰が待っている。君たちもどんな内容なのかは知っていると思う」

「はい。確か河原で延々と石を積み続けて塔を作ろうとするけれど……」

「決して完成することはない。鬼がそれを妨害するからだ」

親孝行も十分に出来ずに死んだことが罪。そんな理不尽にも聞こえる理由で子供たちは三途《さんず》の川《かわ》を渡ることを赦されず、気の遠くなる時の中で石を積み、鬼に崩される。それをひたすら繰り返す。どんなに子供が悲しもうとも。

「私に出来ることと言えば、子供の魂を現世から拾い上げること。我が子を喪《うしな》って嘆く親に会わせることも出来ず、死んだことにより生前の記憶の殆《ほとん》どを失った子供に思い出させてやることも出来ない。だが、せめて僅かでもいい。嬉しいと、幸せだと感じる時間を与えてやりたいと私は思っている」

そこで言葉を止め、無津は自嘲の笑みを浮かべながら見初を見て首を傾げた。

「鬼でありながら、死した子供の幸せを望む。そんな私は矛盾していると思わないか？」

「……思います、けど。でも、優しい人だって思います」

嘘偽りのない言葉だった。無津の思いが本物であると、あの子供への眼差しを見れば分かることだ。だから、自分を卑下しないで欲しいと見初が答えれば、無津は瞼《まぶた》を閉じ、口を開いた。

「同じだ」

「え？」

「桃山殿も、同じ問いに対して同じ答えを返したんだ。そして、櫻葉殿も私の行為が知られないよう、協力すると言ってくれたんだ」

「……無津様がやっていることは、本来は禁じられているのよ」

「何でですか？」

「亡者には一切の情を持つな……閻魔王にそう言い渡されている。だから、このことは他の獄卒にも明かしていない、私だけの秘密だ」

なるほど。だから桃山も永遠子も海帆から訊かれた時に、無津の名前を出さなかったのだ。

「私もこの件は他言しません」

「助かる。あの狸と狐は……」

「大丈夫です。あの二匹もきっと無津様の味方になってくれますから」

「だろうな。……そういえば、あの妖怪の少女はどこに行った？」

柚枝のことだろう。先程、どこかに行ってしまったのだ。それに白玉もついて行ってしまったのだが。

「す、すみません……！　思ったよりも時間がかかってしまって……！」

「ぷう！」

何故か窓の外にいた。白玉も柚枝の頭の上に載っている。ちなみにここは三階である。

「柚枝様、何でそこに……？」

「こちらからのほうが早く着くと思いまして……」

窓を開けてみると、木の幹のように太い茎が地面からここまで生えていた。豪快なショートカットの方法だった。

「む、無津様、これをどうぞ！」

柚枝が無津に差し出したのは、鮮やかな赤い花と蔦で作られた小さな髪飾りだった。

「……私にか？」

「はい！　あの、気に入らなかったら捨ててくれても構いませんので……」

「いや、いただこうか」

受け取った髪飾りを無津が早速付ける。深紅の花弁は少々陰を纏った彼女の印象を幾分か変えた。黒髪を赤で彩るだけで、どこか明るさが増した気がするのだ。

無津は窓に映る自らの姿を確認すると、緊張した様子の柚枝に微笑を浮かべた。

「妖怪からこんなお洒落なものを貰ったのは初めてだよ」

「は、はい！　ありがとうございます」

「礼を言うのは私のほうだ。ありがとう」

この数時間後、無津はチェックアウトしたらしい。チェックインが日が暮れる時なら、帰る時は夜明け前。まるで陽光を避けるかのように。


そして、それから暫《しば》くしたある日。葡萄《ぶどう》色の空の下を歩きながら無津はホテル櫻葉にやって来た。

「いらっしゃいませ、無津様」

「ああ、こんにちは時町《ときまち》殿」

そう言って会釈をする彼女の黒髪には、柚枝からもらった髪飾りが付けられている。どうやら花が枯れないように自身の霊力を注ぎ込んでいるらしい。これを見たら柚枝も喜ぶことだろう。

だが、見初は一瞬だけ表情を曇らせた。彼女が常世《とこよ》からこちら側にやって来る目的は一つしかない。

また、どこかで顔も名前も知らない子供の霊が。想像するだけで悲しいと見初は思う。だが、無津はもっと胸を痛めているはずだ。規律を破ってまで子供の最期の幸せを祈る鬼。それほどまでに優しい心を持つ彼女は今、何を思っているのか。

無津を部屋まで送り届けてから、ぼんやりと考えていた見初を見かねた冬緒《ふゆお》が声をかけた。

「……どうしたんだ、時町」

「すみません、ちょっと今晩の夕飯について考え事を……」

「そうじゃなくて、あの無津って鬼のことだろ？」

「あ、何で分かるんですか？」

「それくらい分からなくてどうするんだよ。あの人が来た時、何かお前悲しそうな顔してたし……」

心配そうに眉を寄せる冬緒に、見初はハッとした。

「ち、違いますよ。無津様が嫌だとか怖いとかじゃなくてですね」

「それも分かる。だって、あの人暗い感じだけど他の鬼に比べて優しそうだろ」

「そう！　そうなんです、無津様はとっても優しい方なんですよ」

「客のことで何かあったら、すぐに俺に相談したり報告するお前がそうしないってことは、理由があるんだよな？　でも、自分で解決出来なくなったら俺とか柳村《やなむら》さんに言えよ」

「……はい！」

無津のことは冬緒にも内緒にしてある。そのことに少し罪悪感を抱きつつも、こう言ってもらえると心が楽になる。元気に頷いていると、新たな客が自動ドアを抜けてこちらにやって来ていた。

「いらっしゃいま……」

「うむ、邪魔をするぞ」

笠を被《かぶ》り、赤い前掛けを付け子供の姿をした……妖怪だろうか。それとも神か。シャラン、と錫杖《しゃくじょう》を鳴らしながらロビーを進んでいる。

その客の登場に見初は内心恐怖を覚えていた。

「いらっしゃいませ、六輪《ろくわ》様！」

そして、永遠子のテンションが異常に高い。異性が見たら骨抜きにされそうな極上の笑みに、見初の心拍数が上昇する。

「あわわ……」

「女将《おかみ》、またアレが食いたいんだが……あるか？」

「はい、たくさんご用意してあります！　こんにゃくドジョウサンドイッチ！」

永遠子が開発してしまった例のブツ。それを好んで買う者は当然現れなかった。天樹《あまき》が一口食べて「これは駄目だね」と簡潔な感想を述べ、火々知《かがち》が「ドジョウが憐れだ」と嘆き、たまたま遊びに来ていた緋菊《あかぎく》は身震いをしていた。興味本位で買った客も自らの好奇心を憎んだ。

そんな中、たった一人だけ、あの地獄の産物を好んで食べる強者がいた。それがこの六輪である。美味いと大絶賛しただけでなく、こうしてリピーターとなった。

売店で大量に売れ残っているそれを一つ買い、早速食べた六輪が「美味だな」と笑顔を見せた瞬間、それを傍《かたわ》らで見ていた見初は震え上がり、呆然とした表情で天井を仰ぎ見て「おそらきれい」と呟《つぶや》いた。まさかの愛好家の出現に、当初一週間のみの試売だったはずのこんにゃくドジョウサンドイッチは「他にも好きって食べてくれる人がいるかもしれないわ！」とのことで、その期間が延長されている。

現時点では六輪以外の強者は現れないが、思わぬ事態に見初は密かに焦っていた。このままではあのブツが正式に商品化されてしまう……安来市にも風評被害が出かねない……それだけは避けなければ……。しかし、酷評を受けていたあれを好きだと言ってくれる客が現れて、嬉しそうにしている永遠子を止めることも出来ない。そんなジレンマに見初は苦しめられていた。

「椿木《つばき》さん、どうしましょう……」

「……………………」

「つ、椿木さん？」

冬緒の表情は硬く強張《こわば》っていた。見初の声が届かないほど緊張しているらしい。彼も六輪が来るといつもこんな様子なのだ。

「しっかりしてください、椿木さん！　ここで私たちが諦めたら試合終了ですよ」

「えっ⁉　あ、ああ……お前何か運動部入ってたんだっけ……」

「いや、こんにゃくの件……」

「……こんにゃく？」

「ん？」

こちらはこちらで違うことで想い悩んでいるようだ。

「椿木さん、もしかしてあの六輪ってお客様とお知り合いなんですか？」

「そんなわけないだろ。そうだったら、俺は一回死んでるってことになるんじゃないのか……？」

そう語る冬緒の顔色はあまりよろしくない。それを余所《よそ》に、六輪は何故か険しい顔で天井を見上げていた。

「どうかなさいました？」

「ああ……」

永遠子の問いに、六輪は面倒臭そうに溜め息をついた。

「あの馬鹿者もよくやるものだなと……」

「……？」

「何でもない。それより、早くこんにゃくを食わせてくれ。あれを食わなければ割に合わん」

シャラシャラと錫杖を鳴らしながら、六輪が訴える。深く被られた笠と真っ赤な前掛け、そして、六つの輪がついた錫杖。まるでお地蔵様のような姿だと思いつつも、あまりそれっぽくないなぁと見初は目を丸くした。見初にとってお地蔵様とはいつもニコニコ笑っているイメージだったからだ。

◆◆◆

「では、行って来る」

「はい、無津様、お気を付けて」

頭を下げてから無津が薄暗くなった外へと出て行く。毎日、夜になるとホテルを抜け、明け方までずっと子供を捜し続けているのだ。どうして、夜だけなのかと訊いてみれば、昼間は子供の幽霊の気配や力が弱まり、辿ることが難しいのだと返って来た。そして、地獄の鬼である無津も太陽が昇っている時間帯は力が落ちてしまうらしい。

しかし、一週間経っても子供は見付からないようだった。

午前五時。藍色の空を仰ぎ見て無津は落胆の溜め息をつく。今夜も駄目だった。そう思いながら、重い足取りでホテルに戻る。入口では従業員が「おかえりなさいませ」とにこやかに頭を下げる。妖怪、地獄の鬼にそんなことをしてもらう価値はないというのに。人に畏怖《いふ》され、蔑《さげす》まれる。それが自分の在り方のはずなのに。ここにいるとそんな当たり前のことを忘れてしまいそうになる。

部屋に戻り、照明を僅かに点ける。カーテンという日除けのおかげで太陽を完全に遮断することが出来るだけでなく、火を使わずとも室内を明るくする道具がある。つい最近まではなかったものばかりだと、初めは驚きの連続だったものだ。

「無津様、お食事をお持ちしました」

部屋に戻って二十分経った頃、ドアが数回ノックされた。開けてみれば、朝食を載せたカートと共に着物姿の少女が立っていた。この髪飾りをくれた妖怪である。

「君は……」

「桃山様にご飯を届けて欲しいと頼まれまして……」

「私は食事も睡眠も必要としないと、彼には伝えてあるはずだが」

「で、でも、何だかとっても疲れているようですから。あの、疲れてたり、辛い時は美味しいものを食べると幸せになれるんだって、桃山様が言ってました」

ここまで必死そうに言われて、断れるほど冷たい性格ではないと自覚している。『あの方』がこれを見たらどう思うのか。ほんの少しだけそんな疑問が浮かびつつも、無津は柚枝と温かな食事を招き入れることにした。

「米は水で蒸すとこんなに柔らかくなるものなのか」

「蒸す……ともちょっと違うんですけど……あ、これは豆腐と言って大豆の汁で作るんですよ」

「柚枝だったか。君は何故、私にここまで優しく接してくれる？　あの狸と狐は私が獄卒だと知って怯えていたが」

「えーと……昔、風来ちゃんたちが棲んでいた森に悪霊が入り込んだみたいで、それを獄卒の方が捕まえに来たらしいのです。その方がとても怖いお方だったみたいで……」

だから、あの二匹はすぐに獄卒の鬼だと見抜いたのだろう。地獄に棲む鬼は現世の鬼とは纏う気配が違う。だが、この少女がここまで自分を慕ってくれるのはどうしてか。無津が尋ねると、柚枝は切なげに微笑んだ。

「あなたは死んでしまった子供たちのことをたくさん、考えてくれてます。だから、何かしてあげたくて……」

「……そうか。君は座敷童か」

「はい。それから山の神様をやってましたけど……」

座敷童は子供の心を持ち続ける。だから、この少女も死した子供たちに感情移入してしまっているのかもしれない。

「……私も無津様に一つお訊きしてもよろしいでしょうか？」

「私に答えられることであれば何でも」

「もし、無津様が子供の霊にお菓子を食べさせていることが知られてしまえば……どうなるのですか？」

「地獄の炎に焼き尽くされる。それだけだ」

規律を破るというのはそういうことだ。罪を犯した亡者を罰する者たちもまた、法を破れば罪を背負う。炎に肉体も魂も焼き尽くされ、無に還る。これまでそうなった仲間を何人も見て来た。

その答えに柚枝の瞳は大きく見開かれた。

「だったら、どうして……このようなことを続けているのですか……？」

「……一人の獄卒がいた。彼はいつも子供の魂を迎えに行った時に何かを食わせていた。私は何度も止めた。だが、彼は死という悲しみを少しでも癒してやりたいと言い続け……そして、最後には最大の罪を犯し、炎に焼かれて消えてしまった。……あんな奴でも、私にとっては大切な友人だった。だから、その後を継ごうと思ったんだ。それに」

「……それに？」

「単純に私が苦手なんだ。子供が泣いていたり、辛い思いをしている姿を見るのが。……だから、罰を受けるのも覚悟の上だよ」

こくん、と涙ぐみながら柚枝が小さく頷くのを見て、無津は柔らかに笑った。この子は自分のことで悲しみ泣いてくれても、止めようとはしない。そのことをとても嬉しく感じてしまうのだ。ここで止められたら、自分の、友の行動が間違いだと指摘されてしまうような気がしたから。

◆　◆　◆

「出る。黄昏時《たそがれ》になったら戻るぞ」

「はい、いってらっしゃいませ」

「まったく……世話の焼ける奴だ……」

ぶつぶつ呟きながら六輪がロビーから出て行く。その姿を見送りながら見初と冬緒は互いに顔を見合わせた。

「六輪様……毎日朝に出て行ってお昼まで戻って来ないけど……何しに行くんだろ……」

「さあ……あの方にはあまり関わっちゃいけない気がする……」

相変わらず、冬緒の顔は引き攣っていた。

「これをあの鬼に渡せ」

六輪がそう言って見初に一枚の紙を押し付けたのは、それから二日後のことだった。冬緒が他の客の荷物を客室まで運びに行き、永遠子が電話対応している間、急に見初に声をかけてきたのだ。

「えっと……これは……?」

どこかの地図だろうか。筆で描かれているのだが、何が何だか見初にはさっぱり理解出来ない。建物らしき四角形に謎の記号が記されており、とある場所が赤い丸で囲まれている。

「えっと……?」

「これが何を示しているか、当ててみろ」

「宝の地図……なんて」

「近からず遠からずと言ったところか」

「本当ですか⁉」

思い付かなかったので冗談で言ってみたのだが。困惑する見初に、六輪は地図を睨み付けて「奴にとっては宝のようなものだろうよ」と告げる。

「奴……とは」

「あの鬼だ。いいか、必ず渡せ。私のことは決して話すな。私は疲れたので部屋に戻ってこんにゃくでも食べている」

そう告げると六輪は客室の方に行ってしまった。残された見初は地図を見下ろしながらぽつりと呟く。

「まさか……こんにゃくに関わる宝の地図なのでは……」

それにしても『あの鬼』とは誰のことだろうか。この日は鬼の客が数人宿泊している。彼ら全員に当たってみるか……。

「あれ？　でも六輪様って……」

そういえば、と見初は瞬きを数回した。六輪と同じ日に泊まりに来て、滞在を続けている鬼が一人だけいる。


「……これをどこで？」

地図を受け取った無津は驚いた表情でそれを凝視していた。

「こんにゃくの地図ですか？」

「は……？」

「こちらの話なので、お気になさらず……無津様、これ何の地図か分かるんですか？」

「何を示すものかは分からないが……しかし、これは出雲の地図だ。ここにある記号……君たちには読めないだろうが、これは地獄で使われている文字だ」

「そ、そうだったんですね……」

ということは、彼も獄卒の鬼なのだろうか。あの笠の下には無津のような角が生えている。そんな想像をしていると、無津の表情がみるみるうちに険しいものに変わっていった。

「ここは……だが、なぜ……」

「無津様？　何かありましたか？」

「時町殿、この地図を君に渡したのは誰だ」

「申し訳ありません。名前を出さないで欲しいと言われてますので……」

「そうか……」

無津の指が赤い丸で囲まれた場所をそっと撫でた。

◆◆◆

青い空が墨汁で塗り潰されたように黒く染まり、そこに星々が鏤《ちりば》められる。美しい星空の下を歩きながら、柚枝は隣を歩く鬼からの説明に驚きを滲ませていた。

「その赤い丸で囲まれている場所が、無津様が捜している子供の……」

「ああ。この場所でまだ五歳だった少女が車に轢かれて即死した。だから、その子供の魂が彷徨っているので回収……迎えに行けと指令を受け、私が来たわけだが、どういうわけか見付からないんだ」

気配はずっと感じ続けている。だが、その姿が見当たらない。なので他の場所に行ってしまったのかと広範囲を捜してみた。結局、徒労に終わってしまったが。

「……ここだ」

水が流れる音。清廉な水の匂い。そこは川沿いの道路だった。近くの電信柱には花が供えられている。悲しい場所だと、無津は顔を歪《ゆが》める。突然我が子を喪った親の悲愴、命を奪った運転手の後悔。人々の同情。その残り香が未だ、この地には存在している。

そして、弱々しい魂の気配も。

「しかし、どうして姿が見えない？　まるで私から逃げているように……」

「あ、あの！　さっきの地図見せてもらってもいいですか？」

「ああ、どうぞ」

柚枝に言われ、街灯の下で地図を広げる。間違いない。赤丸はここを表していた。

「えっと、この丸……ちょっと形がおかしいです」

柚枝の言葉通り、地図は綺麗に描かれているのに、赤丸の形がやけに歪《いびつ》だった。ぐにゃりと曲がり、川の部分にまで丸が広がっている。

「……川？」

「わ、私調べてみます」

「待て。君がどうやって……」

柚枝が河原に下りて行くので、無津は慌てて追いかけた。あの格好で川の中に入れば着物が濡れてしまう。だが、柚枝は黒い水に飛び込もうとはせず、川辺にしゃがみ込み、水の中に手を沈めた。

瞬間、川全体が仄《ほの》かに発光を始める。輝く水中で蠢《うごめ》く蛇のようなものが無津には見えた。あれは植物の蔦だろうか。水そのものが光っているのではなく、発光しているのは柚枝の力を流し込まれた蔦らしい。水草を急激に生長させ、調べさせているようだった。

「……あ」

柚枝が何かに気付いたような声を漏らすと、数本の蔦が水面から顔を出した。先端の部分に何かを巻き付けているのが見え、それが柚枝の掌に置かれると蔦から光が消えてみるみるうちに縮んでいく。

「これは……」

淡い桃色の石がいくつも付いた、愛らしいデザインのヘアピンだった。川の底にずっとあったのか、僅かに砂が付着しているのを柚枝が川水で洗い流す。

それを無津は手に取った。微かだが、ずっと捜し続けている子供の気配に似たものを感じる。ひんやりと氷のように冷たいヘアピンに体温を移すように優しく握り締める。

「あの子供のものか……」

無津がそう呟くのと同時に、二人の目の前に小さな体が現れる。

子供はあまりにも酷い姿だった。頭部の右半分が消失しており、体も所々消えている。残された左目は虚ろで、自我を失っているようだった。体の損傷がどれだけ大きかったか、見ただけで分かる。無津の隣で柚枝が息を呑む。

「それ、ちょーだい」

子供がぼやけたような声で無津に言う。

「これは君の物か」

「わかんない……でも、ほしいの……おかあさん、ってひとがくれたの」

「そうか」

「……おかあさんって、だぁれ？」

「君の大切な人だよ」

生前の記憶の殆どが失われている。けれど、忘れていても、心が覚えている。愛しくて、大切な誰かが愛情を込めてくれたそれを。

無津に見付かれば、もうここには戻れないと本能的に感じていたのだろう。だから、ずっと逃げながら、事故の衝撃で外れどこかに行ってしまった髪飾りを捜していた。そういうことかもしれない。

無津がヘアピンを渡せば、子供は二度と手放さないようにと、両手で包み込んだ。その姿に、無津も自らの髪に手を伸ばす。

赤い花の髪飾り。現世に住む者からの初めての贈り物。それがとても嬉しくて、今も枯れないように大切にしている。だからだろう。命も記憶も失ったにも拘《かか》わらず、ずっと捜し物を求め続けていた子供の気持ちを、今の無津は強く理解することが出来た。

◆　◆　◆

真っ白な皿に盛り付けられたフルーツと、中心に鎮座するカラメルソースがかかった手作りのプリン。子供が首を傾げる。

「これ、なぁに？」

「プリン……アラモードだ……甘くて美味しい……」

「たべてぃーの？」

「ああ……」

桃山が頷くと、子供はスプーンを手に取り、プリンを掬《すく》って口に運んだ。そのまま、もごもごと口を動かした後、生気のなかった顔にほんの僅かだが笑みが宿る。

「……あまくて、おいしい」

「それは……よかった……」

「うん。くだものもおいしい……ありがとう」

そう言いながら桃山を見上げて微笑む子供の前髪には、母親からの贈り物が飾られている。それを見詰め、桃山は子供の頭を撫でた。その手付きはどこかぎこちなく、隣のテーブルで見守っていた無津と柚枝が小さな笑い声を漏らす。

「桃山殿、あなたを見ても怖がらない子供なんだ。もう少し気軽に接していいと思う」

「桃山様の優しい気持ち、きっと伝わると思います！」

「……いつもは顔を見て……怖がられることが多いから……どうすればいいか……よく分からない……」

二人からのアドバイスに、桃山は正直に助けを求めた。

「……ふん、世話をかけさせおって」

無津たちのいる部屋の前にシャラン、と涼しげな音が鳴る。面倒事が終わったとばかりに溜め息をつく笠を被った子供の下に、寮から抜け出してきた見初が駆け寄る。

「あ、六輪様」

「地図は渡せたようだな」

「はい、ありがとうございます」

「なぜ、お前が私に礼を言う。頭を下げるのは、私のほうではないのか」

訝しげな顔をする六輪に、見初は首を横に振った。

「六輪様のおかげで、無津様は子供の魂を迎えに行くことが出来ました。六輪様がいつも朝になると外に出ていたのは、あの子を捜していたんですね」

「買い被りすぎだ。私はお前たち人間が思っているほど、優しくはないぞ」

「………？」

不思議な言い回しだった。まるで、自分のことを『皆』が知っていることが前提のような口振りである。まあ、「俺は偉大なる妖怪だ。だから、俺には最大級のもてなしをしろ！」と言い出す迷惑な客もわりと多いので、あまり珍しくもないが。

「あ……でも、どうして直接無津様に教えてあげなかったんですか？　一緒についていけばよかったのに……」

「私は奴と違って規律を破るような愚者ではない。よって、子供の魂を見付けたら、すぐに連れ出さなければならない。あんな甘いものを食わせる暇があれば、石を積ませている」

「じゃあ、六輪様も獄卒なんですね」

その発言の直後、六輪は苦虫を噛み潰したような表情に変わった。

「鬼共と一緒にするな。私は獄卒ではない」

「じゃあ、六輪様は……」

何者なんですか。見初がそう尋ねるより先に、部屋のドアが開いた。出てきたのは桃山だけだった。

「桃山さん？」

「その子供が……無津にあの地図を……渡してくれたのか……」

「奴には私のことは言うな」

「分かった……それからこれを……」

桃山が六輪に手渡したのは、透明なフィルム袋に詰め込んだクッキーだった。チョコやナッツ類を練り込んだもの、果汁を練り込んでうっすらと色付けたものまで種類も多い。

「無津を助けてくれた……友人の俺からも……礼を言わせて欲しい……」

「……地獄の鬼を友として見るなんぞ、奇特な人間もいたものだ」

そう言いつつ、懐にクッキーの袋を仕舞い込んでいる様子に、何だか可愛いなぁと見初が頬を緩ませていると、軽く一睨みされた。

「案外、こんにゃく以外にも美味そうなものがある」

「そりゃそうですよ。……少なくとも、あのアレよりもたくさんありますから、どんどん興味関心を持ってください」

それにより、こんにゃくドジョウサンドイッチのお土産コーナー正式加入ルートを回避できる可能性もある。力強く見初が訴えかければ、六輪からは白けたような視線を向けられた。

「お前……何か他にも企みがあるようだが」

「あはは……で、でも、何でそんなにこんにゃくが大好きなんですか？」

「好きというほどではない。かつて、一人の婆さんが自らの目が治るようにと、好物を毎日のように私に供え続けたことがあってな。夢で私からそうするように言われたらしいが……そんなに美味いのかと食べてみると、これが案外いけた」

「それじゃあ、やっぱり六輪様は神様なんですね」

「さあ、それはどうか。お前たち人間の中には私をひどく恐れるような者もいるからな」

ふん、と六輪は鼻を鳴らした。確かに冬緒は六輪が来る度に少し怖がっていたようだが。

「私は六輪様が悪いお方には見えないですけど……」

「悪と恐怖は直結しない。私の存在は悪ではないが、恐怖の象徴でもある。そうでなくてはならないからな」

「はあ……」

「だが……」

六輪の視線が無津の部屋へと向けられる。その眼差しからは、無津が子供の幽霊に見せたような慈愛が滲んでいた。

「『今』の私は幼き子を守る側だ。ならば、子を慈しみ守ろうとする者を裁くことは少々躊躇《ためら》われる。それにそこの大男からの貰い物もあることだ。奴の友と違い、こちら側での行いなら見て見ぬ振りでもしておく。どうせ、子供に束の間の幸を与えたところで、待つべき罰は変わらん」

「六輪様……」

「では、さらばだ」

シャラン、シャランと錫杖を鳴らしながら、六輪が立ち去っていく。が、見初の口から「……あれ？」と間抜けた声が漏れた。桃山も首を傾げている。

ほんの一瞬だけ、六輪の小さな体が巨大な大男のような姿になったのだ。

「俺のことを大男と言ったが……あっちのほうが……大きい……」

「ですねぇ……」

この直後、六輪はすぐにチェックアウトしたらしい。

◆　◆　◆

「あ～……怖かった……」

安堵の溜め息をつきながら冬緒がそう呟く。その様子に見初は苦笑した。

「椿木さん、六輪様のことずっと怖がってましたけど……何かあったんですか？」

「もしかしたらって予感があってな……」

「？」

「あの御方、何かに似てると思わないか？」

「何かに……えっと、お地蔵様？」

だが、お地蔵様は決して怖い存在ではないはずだ。子供の守り神として、いつも優しい笑みを浮かべている。恐ろしいとは思えないのだが。

「……お地蔵様はもう一つの側面を持つという説があってな」

「もう一つの……」

「地獄を統《す》べる主、閻魔大王だよ」

「えっ」

それは知らなかった。驚愕する見初に、冬緒は明後日の方向を見ながら乾いた笑いを浮かべた。

「閻魔大王は地獄では死者の魂を裁く厳格な王とされているけど、地蔵菩薩として人々を見守っているともされているんだ」

「全然想像がつかないですね……」

「もしかしたら、閻魔大王が直々にやって来たんじゃないかって、いつもヒヤヒヤしてな……」

「正しく生きていれば怖がる必要はないと思いますけど」

「すごい……お前がいつにも増して光り輝いて見える」

そんな尊敬の目で見られても困る。見初は何とも言えない気持ちになりながら、目の前の光景……現在のお土産コーナーへ視線を移した。

そこには、あのこんにゃくドジョウサンドイッチが……なかった。

「……流石に悠乃《ゆうの》さんもヤバいと思ったんだろうな、アレ」

「まあ、夢枕に立つくらいですから」

永遠子の夢の中に祖母であり、ホテル櫻葉の創設者である悠乃が降臨し、「あれを売るのはやめなさい」と諭《さと》したらしい。夢の出来事とは言え、正座をさせられ延々と説教されたことで永遠子の中で何かが変わったらしい。起きてすぐに売店に走り、こんにゃくドジョウサンドイッチを買って食べた彼女は「これは世の中に出してはいけない味だわ……」と試売を取りやめた。洗脳が解かれた人みたいになってる、と朝食のしじみ汁を飲みながら、見初は思っていた。

「でも……六輪様というリピーターを悲しませてしまうのでは……」

「玉こんで我慢してもらおう、あっちのほうが絶対美味しいから」

ひとまずホテル櫻葉のお土産コーナーの平和は守られ、安来市の風評被害は防ぐことが出来た。

「別にこんにゃくサンドイッチが駄目なわけじゃないんですけどね」

「海帆さんが試しに薄くしたこんにゃくに金平《きんぴら》挟んだり、大根とはんぺん挟んだら案外美味いって言ってたもんな……」

つまり、相性の問題である。ドジョウは柳川で出してもらうことになった。こんにゃくとドジョウは一緒になってはならない関係だったのだ。

「時町」

「はい？」

「俺とお前が万が一、億が一、こういう関係になったとしても、俺はずっと一緒にいられるように努力しようと思う」

「私たちのことをこんにゃくとドジョウにたとえられていい台詞《せりふ》吐かれても反応に困るんで……」

最近、冬緒が変な方向に開き直り始めていて、見初は若干恐怖を感じている。

◆　◆　◆

「柚っちゃん、それなーに？」

風来が柚枝の手首に見慣れぬ数珠が巻かれているのに気付いたのは、昼休みにのんびり庭で日向ぼっこしている時だった。炎の色を閉じ込めたような鮮やかな色のそれからは強い霊力を感じる。

「無津様からもらいました！　髪飾りとお仕事を手伝ったお礼だそうです」

「柚っちゃんはあの鬼と仲良しだもんねぇ……オイラたちはまだちょっと昔のトラウマがあって近付くの怖いけど」

「しかし、美しいですな。霊力を感じるということはただの石ではなさそうですが」

「焔柘榴《ほむらざくろ》という宝石らしいです」

「へぇー……」

「地獄で炎が噴き上がっている近くでしか採れないものらしくて……」

「「ヒエッ」」

二匹の全身の毛がぶわわわっと逆立った。

「それ、もう地獄の特産品じゃん！」

「ゆ、柚枝様、つけてて大丈夫ですかな？」

「ほんのり温かいんですよ。風来ちゃんと雷訪ちゃんも触ってみますか？」

「オイラたちは毛のおかげであったかいから大丈夫だよ……」

「元山の神をしていたせいか、柚枝様も中々肝が据わっておりますな。地獄産の宝石で出来た数珠を嬉々としてつけているとは……」

「……無津様はお優しい方ですから」

怯える二匹に、柚枝は数珠をそっと撫でながら微笑んだ。

「うん。いい人だと思うよ。それに友達思いだしさ。オイラなんて雷訪が地獄の炎に焼かれちゃったら、ああならないようにしなくちゃって思っちゃうもん」

「何で焼かれるのが私のほうなのですか！　普通はお前でしょうが！」

「けど、その友達はどんな悪いことしちゃったんだろうね。よっぽどのことしたんだと思うけど」

「こら、風来！　私の話を聞きなさい！」

そうして始まる、いつものじゃれ合い。それを微笑ましく眺めている柚枝の耳に、話し声が聞こえてくる。

「昔は私も随分と病弱な体だったんですよ」

「そうなんですか？　とっても元気そうですけど……」

主婦の客同士による会話だ。庭を散歩しながら昔話を楽しんでいるようだった。

「小さな頃はお医者様にこの子は長くないって言われたほどで。三途の川を渡りかけたこともあるのよ。と言っても夢の話ですけれど」

「渡らなくてよかったわねぇ」

「ええ。誰かが私を無理矢理連れて行こうとするのだけれど、私があんまりにも泣くものだから手を離してくれて、『この道を走り続ければ家に帰れる』と言ってくれたの。それで走って、走って……気が付いたら病院のベッドにいたの。心肺停止状態だったのに急に目を覚ましたから、お医者様もパニックになっちゃったみたいで……でも、それ以来体の調子もどんどん良くなって、今はこんなに元気」

「いい話ね。その人、どんな人だったの？」

「よく覚えてないんだけど……多分、人間じゃなかった気がする。頭に角が生えてて怖い顔をしてて……でも、とっても優しい目をしていたわ。……あの人のおかげで私は今、こうしていられるのかも、……もうすぐこの子とも会える」

「あなたの子だもの。きっと元気な赤ちゃんよ」

「ありがとう。さて、お散歩が終わったら栄養つけるために美味しいご飯をいっぱい食べなくちゃ」


ぽた、と透明な雫《しずく》が草の上に落ちて、草の葉を揺らした。


「大体、お前がこないだ海帆様のつまみをつまみ食いしたせいで……おや、柚枝様？」

「ど、ど、どど、どうしたの、柚っちゃん⁉　何で泣いてるの⁉」

「泣き止んでくだされ〜！」

「ら、雷訪、見初姐さん連れてくるね！」

その場に立ち尽くしたまま涙を流し続ける柚枝に、慌てふためく二匹は気付かなかった。

炎色の数珠がほんの刹那《せつな》、光を帯びたことを。

第三話　豊穣の神の山

「風来《ふうらい》と雷訪《らいほう》がマグロ漁船に乗ったぁ⁉」

見初《みそめ》の、困惑と驚愕が入り混じる絶叫が寮のホールに響き渡る。その情報の提供主も状況をよく分かっていないらしく首を傾げている。

「狸と狐ってマグロなんて食べられるんだっけ？」

「そんな疑問を抱いてる場合じゃないですよ、天樹《あまき》さん！　何かずっと姿見てないと思ったら何でそんなことになってるんですか⁉」

「僕にもさっぱり。佳月《かづき》から言われた時は何言ってんだコイツって思ったけど……」

「今、その感情を私は天樹さんに向けているわけですが……」

頭が痛い。今日は大切で楽しい日のはずなのに、なぜこんなことで頭を悩ませているのか。

「と、とりあえず、話の順序を追いましょう。今のままじゃ……何一つ理解出来ないんで……」

「うん。まず佳月は海帆《みほ》から相談されたらしいんだけど」

見初と天樹が大真面目な顔で内容の確認作業を始める。その横で冬緒《ふゆお》は窓の外を眺めている。

「白玉《しらたま》……大丈夫だ。あいつらなら、きっとでっかいマグロを土産に帰って来るはずだから」

「ぷう……」

冬緒の言葉に、白玉は弱々しい鳴き声を上げる。

全ての始まりは十日前に遡る。

◆◆◆

風来と雷訪。ホテル櫻葉《さくらば》の名物獣コンビが、ここ最近ずっとそわそわしている。その理由はもうすぐ訪れる日にあった。

「どうしようかなぁ……」

「どうしましょう……」

「「白玉様の誕生日プレゼント……」」

そう、妖怪にも誕生日というものは存在する。永い時を生き続ける彼らの中には、そんなものいちいち祝っていられないとなかったことにしたり、忘れる者もいる。そもそも、いつ生まれたのかわからない妖怪もおり、風来と雷訪もそれに含まれていた。

けれど、彼らがかつて暮らしていた森の主である白陽《しろひ》は、白玉が生まれた日のことをしっかり覚え、それを見初たちにも伝えていた。聡明な彼女らしい。そのおかげで白玉のために、毎年誕生日パーティーが開かれていた。

今年、風来と雷訪には、ある野望があった。

「今年こそ白玉様に豪華なプレゼントをあげたい‼」

「私もです‼」

誰かの誕生日にはそのお祝いの気持ちを込めて贈り物をする。そんな文化もホテル櫻葉に来てから知った二匹だったが、今まで白玉にきちんとしたプレゼントを渡すことが出来ていなかった。それを買う金がないわけではない。ホテルで大騒ぎをした償いのためにタダ働きをさせられ、いつの間にか正式な従業員として認められ、雑用係として働いている二匹には給料が支払われるようになった。おまけに有給も発生している。

なので、金には大して困っていないのだが、一つ重大な問題があった。

「白玉様……ていうか、兎ってどんなのを喜ぶんだろ」

「そこですな……」

白玉は兎が食べられるものなら何でも食べる。好き嫌いも特にない。見初を始めとする従業員たちが金を出し合い、毎年少しお高めの干し草やペレットを買ってはいる。当然、風来と雷訪も財布こそは冬緒に管理されているものの、自分の金を持つようになってからはそれに参加していた。

しかし、敬愛する白陽の子である白玉に、自分たちだけがあげられるような特別なプレゼントがしたい。そんな気持ちが二匹にはあった。ただ、それが何か思い付かない。もっと高い干し草……と言っても、いつも皆であげているものとあまり変わらない気がした。

「困ったなぁ……」

あと十日で、白玉の誕生日がやって来る。それまでに何とか用意したい。風来と雷訪は溜め息をつきながら、寮のホールにあるテレビをじっと眺める。動物を特集した番組が放送されており、愛らしい犬猫のハプニング映像が流れる。

「……むむ？」

その時、雷訪の髭《ひげ》がひくひくと動いた。

「雷訪？」

「あれをご覧なさい、風来」

雷訪が前脚でテレビを指して促す。ちょうど、茶色い毛並みの兎が飼い主から干した人参や林檎《りんご》をもらって、美味しそうに食べているシーンだった。

「あれはドライベジタブル、ドライフルーツと呼ばれる食べ物だそうです。自分で作り、兎に与える人間も多いとか」

「美味しそう……オイラもあれ食べたい！」

「そうではありませんぞ、食いしん坊風来！　あれを我々で作って白玉様にあげるというのはどうでしょうか」

「おー！　それいいかも‼」

相方の提案に、風来は両目を輝かせた。その反応に雷訪はどんどん話を広げていく。

「それもただの野菜や果物ではなく、特別なもので作るのです！」

「特別な……の？」

「そう！　来年も食べてみたい！　誕生日が待ち遠しいと思えるような素晴らしい……そうですね、特別美味しい人参で作った特別美味しいドライ人参を作りましょう‼」

「おー！　……でも、それどうやって手に入れんの？」

「それが思い付けばもっといいのですが……」

風来からの質問に、雷訪はがくんと項垂《うなだ》れた。どうせなら、全て自分たちの力で成し遂げたい。しかし、普通では手に入らない食材の入手となれば、見初たちの力を借りる必要がある。

さて、どうしたものか。悩んでいると、背後から二匹を覗き込む人影があった。

「何だかお悩みみたいだね」

風来と雷訪が振り返ると、そこには美しい常盤《ときわ》色の髪を持つ少女が笑顔で立っていた。

少女の瞳は不思議な色をしていて、様々な色彩に移り変わっていく。桜色から露草色へ。

紅葉色から銀杏色《いちょう》へ。言うなれば七色。その色の美しさに暫《しば》し見惚れていた二匹だったが、
雷訪のほうが先に我に返る。

「あ、あなたは？　うちの従業員ではないと思いますが……」

「うん。ちょっと知り合いかな。遊びに来たんだ」

「そっかぁ。あのね、オイラたち美味しい人参をどうにかして手に入れたいんだ」

「人参かぁ。そうだなぁ……」

少女が考え込む素振りを見せる。その姿に風来の顔に希望の色が浮かぶ。

「え？　心当たりがあるの？」

「あるよ。確か……兎迦《うか》様だったかな。豊穣を司る女神様なんだけど、神様や妖怪たちのためにとーっても美味しいお野菜や果物をたくさん育ててるんだってよ」

「ほんと!?　ほんと!?」

神様が育てている作物。そんなの絶対に美味しいに決まっている。風来が逸《はや》る気持ちを抑え切れず興奮気味に尋ねると、少女は「勿論」と頷いた。が、すぐに愛らしい顔から笑みを消し、続けて言った。

「けれど、兎迦様から作物を頂戴するのなら、それ相応の対価が必要だよ」

「た……対価とは？　まさか我々の命……？」

「兎迦様は慈悲深いから命までは奪わない。だけど、自らの子同然の作物を手に入れる資

格がある者か見極めるため、厳しい修行を積ませるの。それでも……欲しい？」

少女の声も真冬の水のような冷たさを纏《まと》っていた。二匹の体がぶるりと震え上がったが、すぐに己の恐怖を振り払うかのように首を横に振った。

「ほ、欲しい！　頑張るよ、オイラ！」

「私もですぞ！　ここまで聞いておきながら引き下がるわけにはいきません！」

「……そっか。じゃあ、兎迦様のいる山の場所を教えてあげるね」

「「は、はい……」」

すぐに少女らしい無邪気な声と、あどけない笑顔に戻った少女にほっと安堵しながら風来と雷訪は説明を聞いていた。正直、修行云々の話より少女の雰囲気がものすごく怖かったなどと、本人には決して言えなかった。

そして、彼らの様子を少女の兄が物陰から訝《いぶか》しげに見守っていた。

「あいつ……獣たちに何を教えてんだ……？」

◆　◆　◆

その翌日、風来と雷訪は風呂敷に包んだ荷物を背中に背負いながら、とある山に来ていた。小さな体で険しい山道をずんずん進んでいく。人間であれば音を上げるようなそれも、元々山で生きていた二匹にとっては慣れたものである。

「デカい山ですなぁ……」

「オイラ、こういうところをこんなに歩くなんて久しぶりだなぁ」

「しかし、よかったのでしょうか？　見初様たちにあまり説明しないで来てしまいましたが……」

「大丈夫大丈夫、有給？　のお願いはちゃんと柳村《やなむら》さんに言ってるし。それにどうせなら、何から何まで秘密にしておこうよ」

「……ですな！」

そんな会話を交わす彼らは知らずにいた。ホテル櫻葉で早速自分たちの身を案じている者がいることを。


「風来ちゃん……雷訪ちゃん……どこに行ってしまったのでしょうか……」

その頃、不安げな表情でホテルの周りを歩いていたのは柚枝《ゆえ》だった。もしかしたら、二匹がまだこの辺りにいるかもしれない。そんな一縷《いちる》の望みをかけての捜索だった。

あの二匹の顔を見て安心したい。焦りと不安で眉を下げていると、「おい」と背後から声をかけられた。

「お前、ひょっとしてあの獣どもを捜してんのか？」

よくやって来る天狗の客だ。緋菊《あかぎく》と言っただろうか。いつも飄々としている彼にしては、珍しく気まずそうな表情を浮かべている。

「獣……風来ちゃんと雷訪ちゃんのこと、ですか？」

「ああ。……あいつらのことなら心配はいらねぇと思うぜ？　気にせず、のんびり帰りを待ってろ」

「でも、おかしいのです。昨日の夜、柳村様に有給を十日ほど取りたいとお願いして、朝皆さんが起きる前にどこかに行ってしまったようで……」

「そりゃあ……長旅になるだろうからな」

「あ……あの、知っていることがあれば教えてください。二匹とも数日前から、何かでずっと悩んでいたみたいで……私すごく心配で……」

ぽろぽろとつぶらな瞳から零《こぼ》れ出す涙に、緋菊がぐっと息を詰まらせる。普段の妹と外見、年齢が近いせいか、この少女に泣かれるのはどうも気分が悪い。要らぬ心配をしているようなのでついつい声をかけてしまったものの、あの二匹が白玉を驚かせるために秘密にしておきたい気持ちも分かる。正直に言うのも気が引ける。

なので、適当に誤魔化《ごまか》すことにした。

「あいつらは、どうしても食いたいモンがあるみたいでな。それを食いに行ってるだけだ。嬢ちゃんが悲しむようなことはねぇよ」

「食べたいもの……何でしょうか？」

「…………確か、魚介類だとか言ってたな」

「おさかな……」

「それを腹いっぱい食いに行ったんだ。お前らに内緒にしておきたいから黙って出て行ったんだろ」

真実に全く掠《かす》らない大嘘である。しかし、柚枝はそれを信じたらしく、うんうんと頷いている。

「けれど……たくさん有給を使ったそうです。どこまで行ってしまったのでしょうか」

「北海道《ほっかいどう》」

「北海道⁉」

ちなみにここは出雲《いずも》。島根《しまね》県。まさかの海越えに柚枝の顔が真っ青になる。

「どうやって海を渡って……まさか泳いで……⁉」

「そこも心配すんな。人間に化けて漁船に乗せてもらったっぽいから。で、ついでに新鮮なモンを食いたいって漁にも参加するそうだ」

「そう……ですか……」

このぐらい馬鹿馬鹿しい話にしておけば、これ以上、不安になることはないだろう。そう思っての大法螺《おおぼら》だったものの、柚枝の不安がますます高まったことに緋菊は気付いていなかった。

◆　◆　◆

どれほど歩いただろうか。日が傾き始めているのが分かる。次第に風も夜の空気を纏うようになり、周辺も薄暗くなって来た。

「うーん、どこまで行けばいいのかな……」

「仕方ない。完全に暗くなったら本日は野宿ですな」

「山で寝るなんて久しぶ……あれ、何かいい匂いがする」

くんくん、と風来は嗅覚を研ぎ澄ましながら鼻を動かす。これは果実の香りだろうか。新鮮で、瑞々しくて、甘酸っぱい香り。それに誘われるように風来の体が勝手に歩き出す。

「こ、こら、風来！　どこに行くというのです」

「こっち！　こっちから匂いするよ～！」

「何を言うかと思えば……そっちには何もな……」

風来が一際大きな木と木の間を駆け抜けようとした時だった。突如、空間にぽっかりと黒い穴が開き、爆走する風来をそのまま呑み込んでしまった。

「風来～～～～⁉」

恐怖よりも、あの馬鹿狸を助けなければと使命感が勝る。絶叫しながら雷訪もそこに飛び込む。

二匹を取り込んだ穴がゆっくりと閉じていく。まるで、彼らを誘い込むのが目的だったように。


「ぷぎゃっ」

「ひぎぃっ」

ぽてっ、ぽてっ、と地面に投げ出された衝撃で、少々情けない声が上がる。

「いてて……」

「ここは一体……？」

たった今まで二匹がいたのは、間違いなく山中だったはずだ。だが、目の前にあるのは畑、畑、畑だった。そこに実った新鮮な野菜の数々。果樹園のような場所もあり、微かに甘い香りがこちらまで漂って来た。逞しく生長した木には熟した果実がいくつもぶら下がっている。

「あ、オイラが嗅いだいい匂いはあそこからだったんだ！」

「これは見事な。ですが、なぜこんな山の中で……」

「ここはおばあちゃんが作り出した空間だからよ」

どこか刺々《とげとげ》しい口調だった。声の方向へ振り向いた先にいたのは、頭から白い兎の耳を生やした菫《すみれ》色の髪の少女だった。

「何、このちんちくりん二匹は……すっごい間抜けそうな顔してるんだけど」

「な、何だとー⁉」

「間抜けそうなのは風来だけですぞ！」

「あーもー、うるさい。誰があんたたちみたいなちんちくりんを、兎迦の神域に連れて来てやったと思ってんの？」

その言葉に風来と雷訪の動きがぴたりと止まる。ここが豊穣の女神、兎迦の地。つまり、この気の強そうな少女が……。

「君が兎迦様？」

「違うわよ、私は孫の果紫《かし》。おばあちゃーん！　客が来たわよー！」

少女の呼び声に、果樹園のほうから、果紫と同じ兎の耳を生やした老女がゆっくりと歩いてくる。彼女から漂う神の気配に、風来と雷訪は無意識のうちに背筋を伸ばしていた。

「おや……可愛らしいお客さんねぇ」

「あなたが兎迦様ですかな？」

「ええ。こんなによぼよぼになってしまいましたけど、まだ神様を頑張ってやっているのよ」

孫とは違い、温厚そうな笑顔である。風来がこっそり二人を見比べていると、果紫に睨まれてしまった。

「それで……あなたたちはどうしてこちらへ？」

「オイラたち、兎迦様に美味しい人参を分けて欲しいんだ！」

風来と雷訪は説明を始めた。自分たちが、人間が営むホテルという宿で働いていること。そこにはかつての主の子供がいて、もうすぐ誕生日が訪れること。人参で作った贈り物がしたいこと。

全てを語ると兎迦はどこか嬉しそうに頬を緩めた。

「そう……その可愛い兎さんのために」

「我々はどんな修行でも耐えるつもりです」

「だから、人参を分けてください！　お願いします」

二匹で頭を下げる。すると、横から深く溜め息をつく音が聞こえた。果紫からだった。

「あんたたちねぇ。修行って何それ」

「えっ、何それって……」

「何で野菜や果物を貰うのに修行なんてしなきゃなんないのよ。馬鹿じゃないの」

「えぇ⁉」

ここまで来てまさかの無駄足に終わってしまうのだろうか。孫からの辛辣な言葉に凍り付く風来と雷訪だったが、果紫も流石に憐れに思ったようで、「別にあげないわけではないわよ」と言葉を付け加える。

「あんたたちみたいなのが多いのよ。修行するから作物を与えてくれって」

「別に修行というわけでもないいんだけれどねぇ……」

「どんなことをするの？」

「簡単よ。ここで育てて作物を自分たちで手入れして収穫するの」

「……そんなのが修行なの？」

風来は首を傾げた。てっきり、滝に打たれたり、薪をたくさん背負って山を駆けまわるものだと覚悟していたのだが。

しかし、そんな疑問の言葉が果紫の怒りを買ったらしい。先程よりも睨みが強くなった。

「そんなの？　いい？　作物を育てるってことはとても大変なの。土の栄養状態、水やりの調整、収穫時期の見極め。病気にならないように気を付けたりもしないといけない。それを『そんなの』？　どいつもこいつも、野菜も果物もその辺の草花みたいに勝手に花を咲かせて、実が出来ると思ってるんだから」

「す、すみません……」

「いいわよ。おばあちゃんはちょっと甘いところがあるから、私があんたたちを見て合格点になったら人参だろうがじゃがいもだろうが分けてあげる」

「ほ、本当ですかな⁉」

「ええ。ただし、合格点に行かなかったら人参なんてあげないし……ここから出してもやらない」

どういうこと？　固まる二匹を嘲笑《あざわら》うかのように、果紫が鼻で笑った。

「あんたたちを招いてやったのは私。だから、元の世界に帰してやれるのも私。そこ、ちゃんと理解しなさいよ」

「ごめんなさいね。この子、一度言い出すと、私がいくら言っても聞かないところがあって」

「おばあちゃんが甘すぎるのよ。野菜作りの苦労も知らない奴らにホイホイ何でもあげちゃうんだから」

申し訳なさそうに謝る兎迦へ、果紫は頬を膨らませて抗議する。その二人のやり取りを見ていた二匹は内心冷や汗を流していた。

これ、白玉様の誕生日までにここから脱出出来るのかな。というか、脱出しないと有給が終わって無断欠勤になる。思わぬ事態が発生してしまった。

◆　◆　◆

艶やかな紫色の茄子《なす》。ずっしりと重みのある白菜。真っ赤に色付いた林檎。真ん丸の実をつけた葡萄《ぶどう》。

収穫したそれらを木箱に詰めていく。すると、十メートル程ある大男がそれらを纏めて、どこかへ持って行ってしまう。最初はびっくりして「泥棒！」と叫び、風来と雷訪は果紫に叱られた。大男は兎迦の眷属《けんぞく》で、作物が入った箱を神々や位の高い妖怪に届けに行くらしい。

それを早く言って欲しかった、とは言えなかった。果紫が怖くて。

「よいしょ、よいしょ」

「ほいさ、ほいさ」

余計な茎や葉を取ることで栄養が分散することを防ぐ。鋏《はさみ》でその作業に没頭する二匹の頭には麦わら帽子が被《かぶ》せられ、小さく切り抜いた穴からは耳がぴょこんと飛び出している。兎迦が作ってくれたものだ。

「おーい、新入りー！　飯の時間だー！」

「はーい！」

「今行きますぞー！」

現在、ここで『修行』に励んでいる妖怪は他にもたくさんおり、皆麦わら帽子を被っている。何だか少し不思議な光景だと雷訪は思った。見初たちが見たら何と言うだろうか。

食事の時間は皆で食べる。たくさんの塩むすびと漬物。それから鳥や鹿、猪など調理された肉。肉の味付けには醤油が使われていた。醤油は手作り、塩は作物と引き換えに海の神から貰っているらしい。質素だが、人間が作る食事とさほど変わらなかった。

「んー！　んまっ！」

「米がふっくらしてて美味しいですな！　漬物も野菜の甘味がとてもいい！」

がっつく二匹に、単眼の妖怪が楽しそうに笑う。

「ほれ、お前らはもっと食え！」

「いいの？」

「いいんだよ。新人だってのに、真面目に働いてるからな。ここに来たばかりの奴らは、最初は『働くなんて嫌だ』ってすぐにやる気を失くすもんだが、お前らは根性がある」

「オイラたち、元々人間と一緒に働いてるからね」

「本当か！」

風来の言葉に興味津々といった様子で妖怪たちが集まってくる。

「どんな仕事やってんだ？」

「人間って『てれび』とか『スマホ』ってすごい道具持ってるんだろ？」

「簡単に火が起こせる道具があるって聞いたことがあるぞ」

「…………………」

「どしたの、雷訪？」

「いえ……こんなに妖怪に囲まれて過ごすのは久しぶりだなと思いまして。見初様の部屋で白玉様と柚枝様と過ごすこともありますが、ここまで大人数は……」

「うん、久しぶりかも」

まだ一週間ほどしか経っていないのに、ホテルでの生活を思い出すと少し寂しくなる。

今頃、彼らは白玉の誕生日パーティーの準備を進めているだろうか。

◆　◆　◆

その頃、ホテル櫻葉ではこんな会話が交わされていた。

「椿木《つばき》様、聞きたいことがあるんですけど……」

「ん？　どうしたんだ、柚枝様？」

「狸や狐は生のお魚や貝を食べられるんでしょうか……？」

「え？」

「ほぉ〜、人間との暮らしってのも悪くないもんだな！」

「うん！　最初は分からないことがいっぱいあったけど、すごく楽しい！」

「それに皆、優しい方々ばかりです」

「あと、食べ物がとっても美味しいよ！　甘いお菓子もいっぱいあるし」

その風来の発言に、妖怪の一人が「俺は酒が美味いって聞いたぜ」と言う。それに対して雷訪はううむと唸り声を上げた。

「私も風来も酒は飲みませんからね……ですが、妖怪のみならず神まで虜《とりこ》にしてしまうようで」

「そりゃそうだ。何せ、あの八岐大蛇《やまたのおろち》だってうめぇ酒をガンガン飲んで酔っ払ったところをぶった斬られたって話だもんな！」

「けどま、俺は人間の世界がいくら楽しそうだからって向こうに行くつもりはないね」

「そうなの？」

全身毛むくじゃらの妖怪が苦笑しながら言うので、風来が尋ねると「そりゃあな」と返される。

「人間の世界だっていいことばかりじゃない。お前らみたいにいい人間に巡り合えて楽しく過ごせる奴もいれば、疲れて嫌気が差す奴もいる。異なる世界で生きて行くのはそれなりの根性と覚悟が必要でな。どっちも足りない俺には無理な話だ」

「ふむ……私たちはそんなことで悩んだことがありませんでしたが」

「妖怪やら神様やらと普段から接しているような人間と過ごしてるんだから、当たり前だろ。けど、人間ばかりの環境で生きて行くのは相当キツいって話だ」

「そうそう。あの方たちはあんま深く考えずに行っちまったみてぇだが……っと、余計な話をしちまったな！　今のは忘れてくれ。でも、あれだ。俺も人間の作る料理ってのは食ってみてぇな！」

急に変わった話題に妖怪たちが再び盛り上がる。「食べたい」「きっと美味いんだろうな」と口々に言う彼らに、雷訪が何かを思い出したようにどこかへ走り出す。

そして数分後、戻って来た雷訪が持って来たのは、ここに来るまでに背負っていた風呂敷だった。自分の分だけでなく、風来のもある。が、風来は不思議そうにそれを眺めている。

「あれ？　そっちのは誰の風呂敷？　オイラそんなの持ってたっけ」

「いやいや、お前のですよ⁉　この暮らしに慣れすぎて自分で持ってきていたことを本気で忘れていましたな⁉」

「そうだった！」

「はぁ……持って来たことを忘れているくらいです。ここで皆さんに分けてしまってもいいでしょう？」

「いいよ！　美味しいものは皆で食べたほうが愉しいもんね！」

風来ならそう言うと思っていた、と雷訪は風呂敷を開き始める。こういう時、すぐに頷いてくれるのが、この狸の数少ない長所である。

二匹が持参してきたもの。それはクッキー、ポテトチップス、煎餅などの菓子だった。本当は休憩の合間に食べるつもりだったが、ここでの食事をいつも食べすぎて満腹になってしまうので忘れていたのだ。

「お、何だぁこりゃ」

「人間たちが作ったお菓子です。どうぞ、召し上がってください」

「いいのかい？　お前らのなのに……」

「新入りの私たちをこうして交ぜてくださっているのです。二匹でこそこそ食べていたらバチが当たってしまいます。ささ、どうぞ」

雷訪がポテトチップスの袋を開けると、食欲をそそるコンソメの香りが広がった。それに釣られるように、一人が手を伸ばす。ジャガイモを薄く切って油で揚げた菓子、と説明を聞きつつ口へ運ぶ様を仲間たちが見守る。

「ど、どうだ？」

「……美味い！　そんで芋がパリパリしてる！」

「こっちのくっきーってやつも美味いな。今まで食ったことがない甘みがある」

「分かったぜ！　この煎餅ってのは米を平べったくして焼いたやつだな⁉　それに醤油が塗られてる！」

初めて見て食べる人間の菓子に、子供のようにはしゃぐ彼らを眺めていた風来と雷訪だが、ふと視線を感じてその方向を向くと菫色の髪の少女が物珍しそうにこちらを見ていた。気付かれたと、すぐに立ち去ろうとする果紫を風来が呼び止める。

「果紫ちゃんも何か食べる？」

「いらないわよ。人間が作った食べ物なんて穢《けが》らわしくて食べられたものじゃない」

「バイ菌とか入ってないから大丈夫だよ」

「あ、このお馬鹿……」

絶対に意味が違う。呆れて頭を抱える雷訪だったが、果紫は妖怪たちを見回すと溜め息をついて風来の前にしゃがみ込んだ。

「何くれるのよ。言っとくけど、食べさせて貰ったからってあんたたちへの評価を甘くするつもりはないから」

「そんなに睨まなくても分かってるよぉ……えーと、果紫ちゃんは女の子だから、これがいいかな。手出して」

「……はい」

どこか投げやりな態度で、果紫が掌を風来に差し出す。すると、そこにころりと小さな物体が置かれた。丸みを帯びた突起で出来た表面。優しい色合いのそれからは、微かだが甘い香りがする。

果紫の瞳が見開かれる。

「これ……金平糖《こんぺいとう》……？」

「そう！　砂糖で出来たお菓子だよー」

山吹色の金平糖を摘まむ果紫の指が微かに震えていることに気付かず、風来が呑気に説明する。

「おや、果紫様どうなされたので……」

異変を察した雷訪が訊こうとするより先に、果紫が金平糖を口に放った。

「甘い……」

「でしょでしょ？　でも、すんごい甘いわけじゃないから、いくらでも食べられちゃうんだ。砂糖ばっか使ってるのに不思議だよ、ね……？」

これで果紫の笑う顔が見られるかもしれない。そう思っていた風来が実際に見た光景。

それは切なそうに眉を寄せ、両目から涙を流す果紫だった。

「ど、どえぇぇぇぇ⁉　金平糖でそんなに泣いちゃうの⁉　泣くくらい美味しかったの⁉」

「……ん」

「え⁉」

「おにい、ちゃん……」

普段の気の強さはどこに行ってしまったのか。苦しそうに、悲しそうに泣きじゃくる果紫に風来も眉を下げる。

　妖怪の一人がぽつりと呟《つぶや》く。

「果紫ちゃん、思い出しちまったのかもなぁ」

「思い出したとは何をです？」

「兎迦様には三人のお孫様がいてな。果紫ちゃんは末っ子で、兄が二人いるんだ。……今はどこで何をしておるのか、俺たちには分からないが」

　妖怪の口調には、どこか刺があった。

「か、果紫ちゃ……」

「ひっく、うっ、うわぁぁぁん……！」

「ムギュウ」

　声を張り上げて泣き出す果紫にしがみつかれ、風来が蛙が潰れたような声を漏らす。その姿を見て妖怪たちは、悲しげに目を伏せた。

「あの子にはもう家族が兎迦様しかいないんだ」

「どういうことですかな？」

「兄様二人は人間の世界、暮らしに憧れて神としての座を放棄していなくなってしまったんだ」

「なるほど……」

人間の暮らしを好む神もたくさんいる。だからこそ、ホテル櫻葉を訪れるのだが、たまにあちら側の世界に近付きすぎて、神であることを辞めてしまう者もいるのだ。永い寿命やその力は変わらず持ったままでも、神格は奪われてしまうのだという。

まさに禁忌だ。果紫の兄たちはそれを犯してまで人間の世界で生きることを選んだ。

「……では、ご両親はどうされているのです？」

雷訪の問いに、単眼の妖怪は表情を曇らせる。その大きな目には涙が浮かんでいた。

「お優しい方々だった。兎迦様と共にこの山を愛し、俺たちのような荒くれ者どもに、食うものを自分で育てる楽しさを教えてくれた」

「ああ。いつも、こうやって皆で集まって飯を食って……」

「で、ですが、今ここには……」

「いない。死んじまったんだ」

毛むくじゃらの妖怪が洟《はな》を啜《すす》りながら答える。

「昔、兎迦様の命を狙った妖怪がこの山に火を放ちやがった。ただの炎じゃなく、そいつの力で生み出したせいか、人間たちがいくら水をかけてもその火は消えなかった。そして、山だけじゃなく人里にも燃え広がりそうになったんだ。あの人たちはその火を、自分の命と力を全て使って消し止めたんだよ……」

そのことを思い出しているのか、嗚咽《おえつ》を漏らす者もいる。とても、慕われていたのだろう。そんな彼らだったからこそ、自らの命と引き換えにたくさんのものを守り、消えたのだ。雷訪の瞳からもぽろぽろと涙が零れ出す。

「兄様方がいなくなったのは、それからすぐのことだ。……きっと、恐ろしさを感じたせいもあるんだろうな。神として何かを守るってことは、そのために何かを失う覚悟も必要なんだよ。それがどういうことなのか目の当たりにして、怖くなったんだ」

「しかし、果紫様は今もこうして兎迦様と共にいるではありませんか……」

「ああ。山には兎迦様と果紫ちゃんの二人だけが残された。あの子は山も兎迦様もご両親も大好きな優しい子でな。だから、たった一人になったとしても自分が兎迦様を守るって決めたんだろうよ」

「なぁ、狐っこ。果紫ちゃんが、お前らを自分が認めるまで帰さないってのも、単に厳しいってだけじゃない。……少しでもここにいて欲しいって思っているからだ」

　雷訪は涙で顔の毛をびしょびしょに濡らしながら、風来を抱き締めながら泣き続ける果紫を見詰めていた。いつも、ピンと立っている兎の耳は力なく垂れ、聞いているだけで心が痛くなるような切ない声。

「ああ……果紫。あなたがこんなに大声を上げて泣くなんて何十年ぶりかしらねぇ。あの子たちが山から出て行った時も泣かなかったのに」

「うぎゅっ……う、兎迦様……」

強い力で抱き締められ、息も絶え絶えになっていた風来を見た兎迦が苦笑しながら、孫の肩を優しく叩く。

「果紫。この狸ちゃんが苦しそうだから放しておやり。悲しいなら、寂しいなら、私があなたを抱き締めてあげるわ」

兎迦の言葉に果紫の腕がゆっくりと風来を解放する。そして、兎迦の腕に飛び込んだ。

「うう、うっ、ひぐっ」

「ごめんなさい、兎迦様。果紫ちゃん、金平糖好きじゃなかったみたいで泣かせちゃった……」

「？」

「狸ちゃんは何も悪くないわ。……この子にとって金平糖は思い出の食べ物なの」

「私には孫が三人いてねぇ。そのうちの二人、この子の兄が以前は人里に下りてはお土産を買って来てくれたの。そのうちの一つが金平糖だったのよ」

兎迦に抱き着いたまま泣くのを止めようとしない果紫と、孫の小さな背中を宥《なだ》めるように擦《さす》る兎迦。そんな二人に、雷訪は手拭いで顔を拭きながら妖怪たちに問いかけた。

「もしや、あなたたちが修行にやって来ているのは……」

「兎迦様たちにはたくさんのご恩がある。果紫ちゃんに寂しい思いをさせないためなら、俺たちは何だってするつもりだ」

「それに、ここでのんびり野菜の世話をすんのも楽しいからな！」

皆で顔を見合わせながら豪快に笑う妖怪たち。ここで育てているのは、野菜や果物だけではないのだろう。祖母を始めとする、たくさんのものを守ろうとここに残った少女と、彼女を支えようとする彼ら。

自分たちもかつてはこうだった、と雷訪は過去を振り返る。旅の途中で偶然出会った風来と共に、白陽の森で過ごしたあの頃が懐かしく感じられた。

◆　◆　◆

「あいつら、何してんのかなぁ……」

寮の廊下を歩きながら海帆は溜め息をついていた。その原因は急に有給を申請して、どこかへ行ってしまった獣たちだ。二日、三日で戻って来ると思っていたのに、もう一週間経つ。なのに、一切の音沙汰もなし。最初のうちは騒がしいのがいなくなったなぁ程度にしか思っていなかったが、そろそろ心配にもなってくる。

もうすぐ白玉の誕生日だというのに何をしているのか。おかげで白玉も元気がなく、今日はずっとエントランスの隅っこで過ごしていた。見初の仕事が終わり、寮に戻った後も窓を眺めるばかりだ。心配で食欲があまり出ないのか、大好きな人参も今日は残していた。

なぜか、冬緒も食欲がなくなっている。見初曰く「白玉の自称保護者なんです。仕方ない」らしい。見初の恋人どころか白玉の保護者としても認められていないようだ。頑張って生きて欲しい。

あの二匹が白玉の誕生日を忘れているはずがない。何らかの事情があるとは思うのだが。柚枝なら何か知っているだろうか。妖怪同士、仲も良好らしいし。ちょうどよく、向こうから着物姿の少女が歩いてくる。

「おっ、柚枝。ちょっと訊きたいことがあんだけど」

「はい、何でしょうか？」

「風来と雷訪がどこに行ったかって聞いてない？」

「あ、漁船に乗って漁をしに行ったみたいです」

「は？」

こんな答え誰が予想出来るか。にっこり笑顔の柚枝から飛び出した「漁船」「漁」のワードは海帆を大いに混乱させた。自分は今、獣二匹の所在を訊いているのであって、漁師のおっさんの予定を訊いたわけではない。

「漁って……何で⁉」

「えっと……それは私にも分かりません……」

柚枝は視線を泳がせながら答えた。ただ、どうしても食いたいモンがある。それだけの理由だと告げるのは、本人たちに悪いという気遣いが発動した結果である。

しかし、それは海帆に更なる疑惑を抱かせる結果となっていた。皆にろくな説明もなしに漁船に乗り込み、かれこれ一週間帰ってこない。

非常食。そんな言葉が海帆の脳裏を過《よぎ》る。

「つーか、漁って何獲りに行くのさ」

「うーんと……マグロとかだと思います」

柚枝の知識より生まれた、漁＝大きい魚が獲れる、大きい魚＝マグロの方程式。それは海帆の度肝を抜いた。

そこに見初が現れる。

「柚枝様、永遠子《とわこ》さんがロビーに飾るお花の件で相談したいことがあるそうです」

「はい！」

柚枝がその場から小走りで駆け出す様を、海帆はかつてない深刻な表情を浮かべ、見守っていた。

「狸と狐ってマグロ食えんの？」

奇しくも、数日後の兄と同じ疑問を呟く海帆だった。

◆　◆　◆

「今日は人参がこんなに穫れましたぞ〜！」

「林檎も真っ赤で食べ頃だよ！」

木箱に詰め込まれた人参と林檎に、風来と雷訪がぴょんぴょんと飛び跳ねてはしゃぐ。丁寧に愛情を込めて世話をした野菜たちが、立派に育って誰かに食べてもらえる。想像すると不思議と嬉しくなってくる。自分たちは雑用係なのでホテルの業務には直接関わらないものの、見初や永遠子たちもこんな気持ちで客と接しているのかもしれない。

そう思っていると、どこか冷めた表情の果紫が二匹の下にやって来る。

「……あんたたち、何だかんだで一回も音を上げないでここまでやってきたわね」

「どうよ！　頑張ったでしょ！」

「馬鹿。これは当たり前のことよ。当たり前のことを当たり前にやって頑張ったって言うなんてまだまだ」

「えぇ～！」

「でも……初めてにしては上出来かしら。いいわよ、合格にしてあげる」

その言葉に、風来と雷訪は目を輝かせた。

「そ、それでは……！」

「その人参と林檎はあんたたちが持ち帰んなさい。それで兎の子に美味しいもの作ってあげることね」

「「やった～～～～～!!」」

ついに、ついにもらった合格点。これでようやくホテル櫻葉に帰れる。感極まって泣き出す二匹だったが、すぐにハッと気付いてしまう。

今日が、白玉の、誕生日の、はず。

「あ、あ〜〜〜……」

「何よ」

「い、いえっ、何でもありませんぞ……！」

せめて、あともう少し早かったら。喜びも束の間、絶望の淵に叩き落とされる。ただ、果紫の過去を知ってしまったせいか、彼女を責めることなんて出来ない。

果紫が子供らしい一面を見せたのは、金平糖で兄を思い出して泣いたあの時だけで、それ以外はいつも通り厳しく冷たい態度で二匹に接し続けた。けれど、時折寂しげな表情を浮かべるのを何度も見た。帰れるのは嬉しいが、本当にいいのだろうかと迷いが生まれているのも確かだった。

複雑そうな表情で頭を抱える風来と雷訪に、果紫は目を伏せる。

「……あんたたちにはあんたたちを待ってる人たちがいるんだから。早く帰ってやりなさい」

「果紫様……」

「ずっと引き留めてて悪かったね」

「そんな、悪いだなんて思ってないよ！　オイラたち、ここで皆と畑仕事してて楽しかっ……」

「大変だ、果紫ちゃん‼」

風来の訴えを遮ったのは、毛むくじゃらの妖怪の叫びだった。他の妖怪たちも慌てた様子でこちらに向かって来る。

「どうしたの？」

「兄様方が帰って来た！」

「……お兄ちゃんが？」

信じられない。そんな表情で瞠目《どうもく》する果紫。だが、喜ばしいニュースのはずなのに、妖怪たちの表情はそれとは真逆のものだった。

「あの人たち……いったい何なんだよ……‼」

「兎迦おばあちゃん、俺が悪かった。またここに住まわせてくれ」

「こんな奴、外の世界に叩き出して私と果紫と一緒にのんびりここで暮らしましょう。ね？」

困った表情の兎迦に詰め寄る二人の男。どちらも頭から兎の耳を生やしている。彼らが果紫の兄なのだろう。一人はパーカーにジーンズと今時の若者風、もう一人は黒いスーツ姿だった。

「あなたたち、まずは事情を聞かせてちょうだい。どうして、この山に戻って来たの？」

「恋人に振られたんだよ。ったく、何だよ。他の女の子と遊んだだけで浮気だとか最低な奴だとか言いやがって。人間ってのはあんなに心が狭いのか？」

パーカーを着た兄のほうが苛立った様子でそう吐き捨てる。

「仕事で上司から散々文句を言われて嫌になったんですよ。まったく、契約が駄目になったのは私のせいだけではないというのに。人間のくせに私を責め立てるなんて」

スーツを着た兄が心底呆れたように溜め息をつく。

つまり、もう人間の世界での暮らしはこりごりだということで、戻って来たらしい。そして、互いを嫌っているようで、睨み合っている。

「くそっ、何でお前までこっちに戻って来てるんだよ。口うるさい人間たちとお似合いのくせに」

「それはこちらの台詞《せりふ》です。あなたこそ下等な人間との生活を続けていればいいじゃないですか」

「あなたたち、せっかく久しぶりに会えたんだから喧嘩しないように……」

「おばあちゃん！　俺の神格を蘇らせてくれ！　そんでこの山を守っていくんだ」

「こんな奴に父様と母様が守り抜いた山を任せるわけにはいきません。神格を戻すのならどうか、この私に」

口論はますますヒートアップしていく。二人が纏う空気が次第にひりつき始め、彼らの耳が柔らかなそれから、鋭い角へと変化しようとしている。

「お兄ちゃん……⁉」

駆け付けた果紫の目に映るもの。それは互いを攻撃しようとする兄たちだった。

「喧嘩は止めて！　ここはおばあちゃんの神域なのよ⁉」

「果紫！　お前だってこんな神経質そうな奴と一緒に暮らすなんて嫌だろ⁉」

「ああ果紫、あなたは優しい妹ですね。こんな野蛮な男を未だに兄と呼ぶなんて……ですが、その必要も間もなくなりますよ」

ぼうっ、と兄の手から赤い炎が現れる。その光景に果紫の口から掠れた息が漏れ出す。だが、それに気付いていないのか、もう一人の兄も掌から同じように炎を出している。

「上等だ……テメェなんて焼いて食ってやる‼」

「私はあなたの肉なんて食うような真似はしませんね。そんなことをしたらあなたの馬鹿が移ってしまう」

「二人共やめなさい。喧嘩なんてするものじゃ……」

「いや……いやぁぁぁぁぁぁぁぁぁあ‼」

その時、絶叫が兎迦の神域に響き渡った。果紫が叫び声を上げた直後、その場に座り込み、自分の身を守るように両腕で体を抱き締めて震え始めた。

「果紫！」

兎迦が駆け寄り覗き込むと、真っ青な顔で怯えたように目を固く瞑っていた。

「火……いや、怖い、怖い……！」

「兎迦様、果紫ちゃんどうしちゃったの⁉」

「この子は火を見るのが怖いの。料理の時に使う火も駄目なくらい……」

「み、皆、もえちゃう、また、ぁ、お父さん、お母さん……っ！」

「果紫……！　くそっ、お前のせいだぞ！」

錯乱する妹に荒い口調の兄が怒号を上げる。だが、その手にある火はそのままだった。

「あなたの責任ですよ！　そうやって怒鳴り散らしているから怖がっているんです！」

敬語で話す兄も同様、火を消そうとはしていない。両者共に互いに責任を擦《なす》り付けようとしている。その孫二人の姿に、果紫を抱き締めながら兎迦が何かを決めたかのように口を開いた瞬間だった。

「いい加減にしろー‼」

「おやめなさい、お馬鹿たち‼」

彼らの頭に巨大な漬物石が落下、直撃した。

「ぐっ⁉」

「んな……っ⁉」

二人の口論が中断され、漬物石からぼふん、と白い煙が上がる。そこから現れた風来と雷訪の目は吊り上がっていた。

二匹は怒っていた。大激怒だった。

「お前らが喧嘩して火なんて出してるから、果紫ちゃんが怖がってるんだろ⁉」

「なっ、何だ、このケダモノたちは⁉」

「怯える妹を放置して喧嘩を続けるあなた方に、ケダモノ呼ばわりはされたくありませんな！」

「何を言います！　私たちは豊穣の神、兎迦の血を引く……」

「ふざけんじゃねぇ！　馬鹿兄どもめ‼」

二匹に詰め寄ろうとする兄たちへ、単眼の妖怪が大声で罵った。

「大体、神でい続けるのが怖いからって人間の世界に逃げ込んだくせに、そっちで嫌なことがあったら戻って来て神格を戻してくれだぁ⁉　甘っちょろいことを言ってんじゃねぇ‼」

「そ、そうだそうだ！　出て行ったきり、一度も帰ってこなかったのに、虫がよすぎるんだよ！　兎迦様と果紫ちゃんがどんなに寂しい思いをしてきたのか分かってんのか⁉」

「そんなんでよく果紫ちゃんの兄貴面してられるなぁ⁉」

今まで溜まっていた鬱憤をぶつけるかのように、妖怪たちから次々と抗議の声が上がる。

「黙れ、雑魚妖怪の分際で‼」

「我々に盾突くというのか‼」

苛立ちが頂点に達した二人の角から青白い電撃が迸《ほとばし》り、掌の炎も勢いを増す。彼らから放たれる強い霊力に、騒ぎ立てていた妖怪たちも、静まり返る。

神格を失ったと雖《いえど》も、その力は健在だ。二人が本気を出せば、自分たちなど一瞬で消滅させられてしまう。

そう分かっていても、風来と雷訪だけは怒りを抑え切れなかった。

「そんなもん知るかー！　神だったら何だってんだよ！」

「あなた方は自分たちが神だからと言って他の者たちを見下しているようですが、そんなこと神がすることではありません！　少なくとも、私たちのホテルを訪れてくれる方々にそのような卑しい心を持った方はいませんな！」

「何だと獣どもが！　……ん？」

荒い性格の兄が何かに気付いたのか、首を傾げた。

「お前ら……今、ホテルって言ったか」

「うん。オイラたちそこで働いている」

「それはどこにあるんだ」

「出雲だけど」

「……まさか、ホテル櫻葉か？」

「そうですが……」

だから何だと言うのだ。問いに次々と簡潔に答えてゆき、最後に雷訪が頷くと二人の掌から炎が消えた。それだけではない。顔が紙のように白くなっていく。

「ホテル……櫻葉……‼」

「え……えっ？」

「な、な、な、何てことを……」

「どうされたのです？」

「申し訳ございませんでした‼」

様子がおかしい。怒りを忘れて困惑している二匹だったが、兄二人が突然土下座を始めたので、あまりの態度の急変ぶりに怯えて妖怪たちの後ろに避難した。

「何何⁉　滅茶苦茶怖いんだけど⁉」

「お前らが働いてる……『ほてる』ってそんなにすごいのか？」

「こ、この、無知妖怪が！　その方々にそんな気安く話しかけるな‼」

「何で俺が怒られてんだよ！　意味分かんねぇ‼」

いつも通り話しかけた妖怪がなぜか咎《とが》められた。

「いいか、ホテル櫻葉とは聖域とされる地だ！　多くの神や高貴な妖怪たちが泊まりにやって来る宿……彼らはそこの従業員だぞ！」

「ホテル櫻葉の従業員に無礼な真似をしてみなさい！　あらゆる神々、妖怪たちが、死ぬよりも恐ろしい罰を下すだろう……‼」

「すごいなぁ、お前ら。そんなとこで働いてたのか」

「怖……うちのホテル、そんな聖域扱いになってたの？」

「別に高貴じゃない妖怪とか人間も泊まりに来る普通のホテルのはずですが」

しかも、たかがそこの従業員というだけで、どうしてここまで崇められなければならないのか。二人とも美しいフォームの土下座をしたまま、顔を上げようとすらしない。本質的にはとても小心者のためか、必要以上に怯えている。

「どうか……どうか、命だけは……」

「この山には二度と近付かないようにします。お許しください……」

「ま、待って、謝るんならオイラたちにじゃなくて、兎迦様と果紫ちゃんに謝りなよ……」

「風来の言う通りです。私たちが怒っていたのは、私たちが何かをされたからではなく、兎迦様たちの心が踏みにじられたからなのです」

二匹の言葉に、兄たちが恐る恐る顔を上げると、そこには兎迦が穏やかな笑みを浮かべていた。果紫も妖怪の背中に隠れながら、彼らを窺っている。

兄ではなく、共に暮らす妖怪たちを頼った、その妹の姿に二人は顔を歪《ゆが》める。

兎迦は孫二人の頭を優しく撫でた。

「まだ言っていなかったわねぇ。おかえりなさい」

「た、ただいま」

「ただいま帰りました……」

「それともう一つ。暫《しばら》くここで休んだら、うちで穫れた美味しい野菜と果物をあげるから『おうち』に帰りなさい」

「！　おばあちゃん、それって……」

「私はあなたたちの神格を蘇らせることはしないわ。もう、ここはあなたたちの居場所じゃないもの」

兎迦からの柔らかな、けれど有無を言わさぬ物言いに彼らの肩が大きく揺れた。

「……私たちの頭に血が上り、果紫を怯えさせただけではなく、あの妖怪たちを侮辱したからですか？」

「いいえ、そうじゃないの。あなたたちは神として生きることを止めてまで、人間として暮らす道を選んだ。それはとても大きな選択よ。少し躓《つまず》いたからといって、それを覆してしまうのは違うような気がするわ」

「おばあちゃん……」

「生きていれば辛いこと、嫌なことはたくさんあるわ。それは人間も妖怪も神も同じ。でもね、いいこと、楽しいことだってたくさん溢れているの。それをもう少し探しなさい」

「「……はい」」

「でも、たまには里帰りしてちょうだい。美味しいご飯をいっぱい作って待ってるから」

二人の瞳から涙が零れ出す。それを見た果紫が妖怪から離れ、ゆっくりと兄たちへと歩んでいく。

久方ぶりに再会した兄妹とは思えない、ぎこちない触れ合いに、雷訪が憂いの表情を浮かべる。

「大丈夫ですかな……ああいう者たちはすぐに中身が変わるとは思えないのですが」

「うん……でも、昔みたいに皆仲良くなれるといいねぇ」

家族だから、再び絆が戻る。そんなことではないのだ。だが、果紫の幸せのためにも四人で平和に笑い合える日が来ればいいのだが。

そう願っていると、突然目の前が薄暗くなった。

「んあ？」

「元気にやってたか？　獣ども」

「おや、その声は……」

頭上を見上げれば、翼を生やした天狗の男が風来たちを見下ろしているではないか。

「緋菊？　何でここにいんの？」

「木箱をここから持ち運びしてるデカブツに頼んで、神域に入れてもらったんだよ。おら、とっとと帰んぞ。白玉が心配してるだろうしな」

妹が余計なことを言い出したせいで、こんな事態になってしまったのだ。せめて迎えには来てやらねば。そう思い、遥々やって来た緋菊だったが、ホテル櫻葉では彼も想像出来なかった事態になっていた。

◆　◆　◆

昼の休憩中、天樹は眉を寄せながら壁時計を眺めていた。

「本当にあの子たち、どこに行っちゃったんだろ……」

今日は白玉の誕生日だと言うのに、まだあの二匹は帰ってこない。これが人間ならば捜索願を出しているところなのだが、狸と狐にそれは適用されない。なので、こうして待つことしか出来ないのが頭の痛いところだ。

見初によれば、昨日の夜から白玉はずっと起きていて、窓の外を見詰めていたらしい。柚枝もずっとそわそわしていて、海帆も何かを考え込んでいる。白玉の話を聞いて冬緒も泣き出した。

　柳村も事情を深くは聞いていないらしく、「どうしてもやりたいことがあるようです」とだけ言っていた。

　どうしたものか。悩んでいると、スマホが震え出した。弟の佳月からの電話だった。

「……もしもし？　昼間に電話してくるなんて珍しいね」

『あー……海帆姉から相談っていうか色々訊かれたんだよ。兄貴より俺のほうが詳しいかもって』

「え？　海帆が……？」

　自分ではなく佳月に相談。心当たりがないのだが。疑問に思っていると、スマホから気まずそうな弟の声が聞こえてくる。

『あんたんとこに狸と狐いんだろ？』

「うん。今、どこかに行っていなくなっちゃってるんだけど……」

『多分、そいつらマグロ漁船に乗ってる』

「は⁉」

　何言ってんだ、こいつ。天樹は本気でそう思った。

『海帆姉から訊かれたんだよ。マグロ漁船に乗ると暫く帰って来ないのかって。最初は海帆姉が漁師に転職したいのかなって思ってたんだけど、よくよく聞いてみたら狸と狐が乗ってるみたいで』

「おかしいでしょ。僕二十年以上生きてるけど、マグロ漁船に乗る妖怪なんて聞いたことないんだけど」

『けど、有り得ない話じゃないよな？』

「どこに有り得る要素ある？　根拠は？」

『マグロ漁船と言えば借金返済』

頭が痛くなって来る会話である。だが、しかし……と天樹は険しい表情を浮かべる。

「自分で食べるためか借金返済か非常食として……」

『兄貴？　俺、非常食とは一言も言ってなくね？　普段からあいつらをそういう目で見てるの？』

「佳月、ありがとう。ちょっと時町《ときまち》さんにも相談してみる」

『まあ、頑張れよ。色々と。あと、海帆姉に言い寄る客がいたらすぐに俺に言えよ。妖怪だったらすぐに祓《はら》いに行くし、人間だったら槍持ってく』

「君、二度とうちに来るな」

最後にそう言い残して天樹は通話を切った。弟の精神状態が心配だが、今は風来と雷訪である。天樹は昼食をバクバク食べ進めつつ、悲しみに暮れる白玉と冬緒を慰めている見初の下へ向かった。

そして、今回の話の冒頭に戻るのだった。

◆　◆　◆

「狸ちゃん、狐ちゃん。いつでも、遊びにおいでねぇ」

「うん、兎迦様ありがとう！」

「お前らがそんなにすごい奴らだったなんてな。今度俺たちもその『ほてる』って宿に行ってみてもいいか？」

「私たちはただの雑用なのですが……是非どうぞ。素敵なところですぞ」

別れの言葉を交わす。兎迦や妖怪たち、そして、果紫と。

「果紫ちゃん、バイバイ！　果紫ちゃんもホテルに来てね」

「馬鹿。私は山を守らないといけないの。出雲まで行ってらんないわよ」

「そ、そうですか……」

「……だから、あんたたちがここに来て。時々でもいいから」

ほんのり林檎のように赤く色付いた果紫の頬。それを見た風来と雷訪は大きく頷いた。

緋菊は少し離れた場所で、林檎を齧《かじ》りながら待っている。迎えに来てくれたから、と二匹は林檎を一つだけあげることにしたのだ。

「おい、別れは済ませたか？」

「済ませたよ！　へい、タクシー！　出雲まで」

「誰がタクシーだ」

林檎を食べ終えた緋菊が二匹と荷物を抱えて空へと飛び立つ。爽やかな風と青い空。どんどん遠くなっていく地上で、皆が手を振っているのが分かる。

「まーたーね！」

「皆さま、さらばですぞー！」

色々あったが、楽しい九日間だった。しかし、今日は白玉の誕生日である。それを思い出し、二匹のテンションはみるみるうちに下降していく。

「白玉様……怒ってるだろうなぁ」

「ですな。プレゼントを渡すのが遅くなってしまいそうです」

「……その必要はないと思うけどな」

緋菊がぽつりと呟く。

「え？　何で？」

「あいつへの誕生日プレゼントなんて、もうここにあんだろ」

「た、確かに、この人参と林檎はとても美味です！　干さずとも十分に喜んでくれるはず……‼」

「そっかー！　じゃあ、これをあげるために急ごう！」

　落ち込んだかと思えば、今度は元気になる獣たちに、緋菊は内心で溜め息をつく。二匹は気付いているのだろうか。今、白玉が一番求めているものが何であるのかを。

「ぷぅ……」

「大丈夫だよ、白玉。今日は白玉の誕生日なんだから、絶対に帰って来るよ」

　すっかり暗くなった空の下、寮の入口で見初は白玉を抱えてしゃがんでいた。あの二匹がマグロ漁船行きになったと聞いた時は、誕生日どころじゃないと大騒ぎになったものだが、ちゃんと話を追ってみると、どうもそうではないらしい。きっと緋菊が何かを隠すため、咄嗟《とっさ》に嘘をついたのだろう。

　彼がこの件に関わっているのなら、二匹の心配はいらない。あとは彼らが帰ってくるのを待つのみである。

「ぷ……ぷ……ぷ⁉」

「ん⁉　どうしたの、しらた……」

「ぷぅ～～～‼」

　白玉が見初の腕の中から抜け出し、勢いよく駆けて行く。その先にいるのは見慣れた毛玉と何やら木箱を抱えた緋菊。

「白玉様ー！」

「お誕生日おめでとうございますぞ～！」

どうしてか、彼らの声を聞くのがずいぶん久しぶりに感じる。風来と雷訪のお祝いの言葉、白玉にとって一番の誕生日プレゼントが満天の空の下に響き渡った。

第四話　硝子人形

「許してくれ、愛しい我が娘」

悲しそうに泣く主に、自分は生まれてくるべきではなかったのだと、すぐに気付いた。

陰陽師の道具。それが自分たちの存在目的。人の形をしているのは、行動を共にしやすいように。少女の姿をしているのは、祓《はら》う妖怪の油断を誘うため。思考が搭載されているのは、命令を理解しやすいように。決して愛玩《あいがん》目的ではない。

この体が欠陥品であることは、目覚めた時から感じていた。『こんな』体では、とても役割を果たすことなど出来ない。

原因は主でも分からないようだった。だから、運が悪かった、と適当な理由を作り、どうにか自分自身を納得させようとした。

欠陥品を売り物にするわけにはいかない。すぐに廃棄する必要がある。核を取り出し、『次』の人形へと埋め込む作業を急がなければ。

『彼』が現れたのは、廃棄処分が行われる前日。強烈な暑さが続く夏の夜だった。

この季節になると、どこにいようとも、けたたましい鳴き声が聞こえる。ただでさえ短い命を自ら削るように蝉は激しく鳴き続ける。夜を七つ越えた先に未来はないと知っているのか、いないのか。人間には過ごしにくい苛烈な日差しの下、青々と葉が生い茂る樹木にしがみつき、必死に鳴く姿は見ていると勇気付けられるような気持ちになる。

空気が熱い。昔はこの時季でももう少し涼しかったと思う。人間のせいで、こんな気候になってしまったらしい。人間なんて自然を汚すだけだからさっさと滅びてしまえばいい。それはもはや口癖になっている。

自分だって人間なのに、心の底から嫌そうな顔をして言う。人間が嫌いで、嫌いで仕方ないらしい。その理由を教えてくれたことは一度もない。分かれば、好きになる手伝いが出来たのに。

「忍冬《すいかずら》、いつまでそこにいるつもりだ。下りてこい」

「木の上は楽しいですよ！　ほらほら、あなたよりこんなに大きくなれました！」

「そこにいたら、そりゃあな。仕事は終わったんだ、もう行くぞ」

今日の仕事は人間に迷惑をかける妖怪の退治だった。この山に登る人間たちに術をかけて、道に迷わせる。どんな見た目だったか、見てみたかったなぁと木の枝から飛び降りながら思う。

「晩夏《ばんか》様、次はどこに行くんですか？　また山？　それとも海？」

「……旅行に行くような言い方はやめろ。仕事だぞ、仕事」

「お仕事は楽しんでやるものだって言ってました」

「誰が」

「テレビに出てた人です！」

「はあ……」

溜め息をついて歩き出してしまう。慌ててその手を掴んで動きを止めた。

「晩夏様！　その前に！」

「あ？　何だ」

「まずはお土産屋さんに行きましょう！　珍しいものがいっぱいあると思いますよ！」

そう提案すると、面倒臭そうな顔で振り向かれる。いつものこと。笑って欲しくて笑顔を返すと、また溜め息が漏れた。

「お前、何でいつもいつも寄り道ばかりするんだ。俺は特に欲しいものなんてないぞ」

「だって、お仕事のためだけにこんな遠くまで来るなんて、つまらないじゃないですか」

「つまらなくていいんだよ。陰陽師なんて、なりたくてなったわけじゃないのに」

「だったら、尚更楽しい思い出を作らないと。ね？」

この人の人生が楽しいものであるように。この人が最期を迎えた時、いい人生だったと思えるように。太陽の光を覆い隠す木の葉を避けて、暖かな光があなたに注がれるように。

「分かった分かった。行けばいいんだろ。で、お前は何が欲しいんだ？」

「そうですねぇ……ラムネ！」

「またそれか……あんな口の中が痛くなる飲み物のどこがいいんだか」

「私は好きです、ラムネ。とっても、綺麗で」

あなたのために私は今、ここにいる。

◆◆◆

「時町《ときまち》が壊れた……」

「夏が熱呼び、気温上昇体温上昇」

よく分からないことを言い出した見初《みそめ》に、冬緒《ふゆお》が案じるような視線を向ける。しかし、彼自身も大分、ぐったりしているように見える。何度もハンカチで顔の汗を拭っているが、少し時間を置くと再び汗が浮かび始めた。

空調が完備されているはずのホテル櫻葉《さくらば》のロビーが、とても暑い。何とこの時季に、よりによって空調が壊れてしまったのである。不幸中の幸いなのは、館内全体ではなくロビーのみという点か。これが客室まで及んでいたら大変なことになっていた。

しかし、ロビーが主なワークフィールドである見初と冬緒、フロント係の永遠子《とわこ》は死にかけていた。なぜ、この時季なのか。ホテルから一歩出れば蝉の鳴き声が聞こえるような、夏に壊れなくてもいいではないか。とりあえず扇風機をすべて引っ張り出して来たものの、あまり効果は見られない。

白玉《しらたま》が見初たちのために、熱を防ぐ結界を張ってくれようとしていたが、それはやめさせた。ずっと力を使い続けていたら白玉が疲れてしまう。

「これも地球温暖化の影響なのかしらね……妖怪のお客様たちも外にいるだけで暑いって言ってたし」

嘆くように永遠子が言う。先程チェックインした河童親子は夏の暑さから避難するために泊まりに来たようだが、ロビーに足を踏み入れた瞬間、絶望的な表情をしていた。事情を説明したら安心していたが。

「妖怪や神様も暑いのは苦手ですもんね。というか、去年よりも暑いような」

「風来《ふうらい》と雷訪《らいほう》がバリカンを持って一思いにやってくれって、泣きながら頼んできたくらいだもんな……」

丸刈りにされた狸と狐が働く姿は、見ていて憐れになること確実だったので、彼らは暑さが弱まる夕方からの勤務となった。

人間である見初たちはそうもいかないので、こうして空調の効かないロビーという名の戦場に立ち続けている。客が来たら笑顔で出迎えなければならない。

自動ドアを抜ける二人組の姿を見付け、見初は素早く笑みを作った。接客を長く続けているからか、表情の切り替えも早くなった。

「いらっしゃいま……」

しかし、様子がおかしい。男の方の客がロビーに足を踏み入れ、そのまま動きが止まっている。側にいるドアマンも不思議そうに促しているが、次の一歩がなかなか出ない。

そして、何と踵《きびす》を返そうとする。

「‼」

それを連れが必死に止めている。

「晩夏様、何帰ろうとしてるんですかー！　晩夏様ですよ、ここに泊まるって言い出したのー！」

「馬鹿、分からないのか。暑いぞ、ここ。こんな場所で一泊しろって言うのか」

「えぇ⁉　我慢しましょうよ！」

「お前は暑かろうが寒かろうが関係ないだろうが」

六十代ほどの白髪の男と、灰色の髪をした少女。男の方は見ているだけで暑苦しそうな黒いスーツに身を包み、少女は忍冬の模様が入った白い着物姿。あまり見ない不思議な組み合わせの二人が揉めている。

祖父と孫という関係にも見えない。見初が首を傾げていると、冬緒が訝《いぶか》しげに彼らを見ていた。

「椿木《つばき》さん？　あの人たちを知ってるんですか？」

「いや、知らないけど……あの女の子は何者だ？」

「人間……ではないっぽいですよね。男の人は人間みたいですけど」

「あの人は多分、陰陽師だ。それも相当腕利きの」

なら、少女のほうは式神だろうか。あまり仕えている感じには見えないが。そう思っているど、冬緒の表情がますます怪訝《けげん》そうに歪《ゆが》んだ。

「でも、式神にしてはやけに元気なんだよな。式神っていうのは、言ってしまえば陰陽師の道具みたいなもので、あそこまで自我が強いのは見たことが……」

「あ、男の人が入ってきました」

どうやらドアマンが、空調が壊れているのはロビーだけだと説明したようだ。少女が嬉しそうにこっちに向かってくる。

「こんにちはー！　私は忍冬です！　忍者の忍に季節の冬ですいかずら。えへへ、何でこの組み合わせで忍冬って読むのか分かりませんけど！」

ものすごい元気な挨拶だった。お、おう、と思わず気圧《けお》される見初と冬緒だったが、陰陽師が少女の頭を後ろから鷲掴みにした。

「静かにしろ。他の客の迷惑になるぞ」

「こっちの怖そうなおじいさんは、水無月《みなつき》晩夏様と言って、こう見えてこの道五十年の大ベテラン陰陽師なんですよー！」

「五十年！　すごいですね！」

「でしょでしょ⁉　こんなどこかの企業の定年退職寸前のサラリーマンって見た目ですけど、まだまだ現役ですから！」

反応した見初に、忍冬は満面の笑みを浮かべた。水無月への賞賛が嬉しいのだろう。喜ぶ忍冬の姿を微笑ましく思いつつ、見初はちょっとした引っ掛かりを覚える。

何というか、この少女。

「忍冬、余計なことを……申し訳ありません。こいつ、こういう場所にきたことがなくてはしゃいでいるようでして」

「いえ、楽しんでいってください。レストランや売店もありますので」

「売店！」

「お土産をたくさんご用意してますよ」

「晩夏様、後で買いに行きましょうね」

「俺は行かない。疲れたから休ませてくれ」

はしゃぐ忍冬を放って、水無月は永遠子から渡された宿泊カードに記入をしている。ずいぶん少女の扱いに慣れているように見える。

見初が苦笑していると、冬緒が恐る恐る忍冬に声をかけた。

「失礼ですが、あなたは……？」

「えーと、私は」

「こいつは式神です。私の」

忍冬の代わりに、こちらを一瞥《いちべつ》もせずに晩夏が答えた。この声に僅かに力が籠もっているような気がしたのを冬緒も感じたのか、すぐに頭を下げた。

「申し訳ありません。余計な質問を」

「いいえ、あまり式神に見えないでしょう。……そういうあなたも私と同じようで」

「俺は正規の陰陽師ではないです。それに俺だけじゃなくて、そういう人結構いるんですよ」

冬緒が引き攣《つ》った笑いを浮かべて答える。水無月はそれを聞くと、一瞬だけ忍冬を見た。

「晩夏様？」

「……何でもない。お前は何も気にするな」

どこか、突き放すような物言いだった。

◆　◆　◆

この時、見初は想像していなかった。二日後、まさかあんなことになるとは。

「永遠子様ぁぁぁぁぁぁ‼」

空調が復活して平和を取り戻したロビーに、顔面蒼白の柚枝《ゆえ》が駆け込んでくる。彼女がここまで取り乱すなんて久しぶりだ。永遠子が小さな体を抱き止めた。

「どうしたの？　人間のお客様に妖怪だって気付かれた？」

「そ、そうじゃなくて、さ、310号室の……」

「あ、水無月様が泊まっていたお部屋ね」

「はい。明け方にチェックアウトされたので、清掃に入ってたんですけど置いて行かれて
て」

「忘れ物？」

「忘れ物というか……あの……式神さんが部屋の中に残されてるんです」

どうしましょう、と半泣きの柚枝に、流石の永遠子も立ち眩《くら》みを覚えた。式神を忘れて帰る陰陽師など今まで見たことがない。

「私も、起きたら晩夏様がいなくて焦ったんですよね。すみません、何か置いて行かれちゃったみたいで！」

「そ、そんな笑って言うことじゃないですよ⁉」

スタッフルームで能天気に笑っている忍冬に、彼女の面倒を任された見初のほうが顔色を悪くした。この少女は事の重大さを分かっているのだろうか。主に置いて行かれたとい

うのに、悲しむどころか面白そうにしているのだ。

「困りましたねぇ」

そう言いながら柳村《やなむら》が入ってくる。

「水無月様の携帯にかけているのですが、繋がりません」

「そ、そうなんですか……」

「晩夏様、あんまり携帯見ませんから！　それにかかってきてるって分かってても、出ないと思いますよ」

この子の代わりに自分がしっかり考えなければ。見初がそう決意を固めていると、柳村が物珍しそうに忍冬を観察していた。

「私に何かついてます？」

「いえ、そうではないのですが……驚きました。まだ残っていたのですねぇ。しかも、こんなに綺麗な形で」

柳村の眼差しはとても、穏やかで優しい。

「柳村さん、この子のこと……分かるんですか？」

「ええ。彼女は『硝子人形』と呼ばれる人形です」

「わぁっ、私のこと見ただけで分かる人初めて見たかも」

「ですが……あなたはちょっと変わっているんですね」

柳村が忍冬の頭を撫でてやると、少女は擽《くすぐ》ったそうにはにかんだ。式神にも見えないが、人形にもとても見えない。呆気にとられる見初に、柳村が説明を始める。

「五十年ほど前、陰陽師を引退したある人形師がいました。彼は自らの霊力を練り込んだ硝子で式神を作り、それらを硝子人形として陰陽師たちに提供していたのです」

「硝子……見た目はそんな感じ全然しませんけど……」

「そこが彼のすごいところです。式神としての力を持つだけではなく、見目麗しい外見をした硝子人形は多くの陰陽師たちの手に渡りましたが、その殆《ほとん》どは砕け散りました。陰陽師たちはあくまで式神として扱いました。主の命に従って動き、戦い、時には盾となる。時町さんにしてみれば、残酷なことに聞こえるかもしれません。ですが、それが式神としての使い方です。様々な主の下で次々と役目を果たして壊れる人形に、心が耐え切れなくなったのは人形師でした」

柳村の声には同情が滲んでいた。そこから顔も名前も知らない人形師の苦悩を感じ取り、見初は目を伏せた。

「彼は陰陽師よりも人形師としての側面が強すぎたのです。式神として送り出せば、使い潰されることは分かっていたはずだったのに、その現実に精神が疲弊し、やがて作ることを止めてしまった。硝子人形の作り方を知りたいと彼を訪ねる者はたくさんいましたが、彼は誰にも製造方法を明かそうとはしませんでした。そして、最期は人形たちの後を追うように自死したと聞きます」

「お父さん、本当は優しかったからなぁ」

　忍冬がしみじみとした口調で言う。

「私が駄目だって分かった時も、廃棄するしかないって言ってたのに、すごい悲しそうな顔しちゃってたんですよ。私がその通りですって言ったら、もう泣きそうになってて」

「……廃棄？」

　耳を疑うような単語を見初は声に出した。すると、忍冬は着物の袖を捲《めく》る。少女らしい細く白い腕。だが、所々焦げたような跡があった。

「私って欠陥品だったんですよ。作り方ミスっちゃったみたいで、体中にこういう跡が残ってて、式神としての力も宿ってなかったし、何もしてなかったらバラバラーッて体が砕けちゃうみたいなんです」

「ああ……あなたを見た時の違和感がそれでしたか」

　合点がいったように柳村が頷く。

「硝子人形は体の中心に埋め込まれた核から放出される霊力によって、半永久的に動き続けると言います。ですが、あなたからは霊力がまったく感じられなかった」

「核から上手く霊力が出ないっぽいんです。だから、焦げた部分も直らないでそのまま。人形だから痛くもかゆくもないですから、全然気にしてませんけど」

「そんな状態で、ずっと今の今まで現存しているとは……正直驚きました。水無月様が絶えず、霊力を送り続けていたおかげでしょう。彼とはいつから」

「五十年前から！　お父さんの工房に出た妖怪を祓った報酬に私をくださいって言い出したんです」

信じられない。忍冬の物言いはそんなふうに聞こえた。彼女の疑問は尤《もっと》もだろう。水無月は廃棄間際だった忍冬を選んだのだ。

そして、五十年もの間、共に在り続けている。なのに、こんな形で手放されてしまうなんて。かける言葉が見付からない見初へ、忍冬が目を細めて笑う。

「でも、本人はぜーったい私に言おうとしなかったけど、そろそろ限界なんですよ、晩夏様。バレバレなのに、何で隠そうとするんですかね、あの人も」

「そ、そんなことありませんよ！　水無月様は絶対、あなたのことを……！」

「大事にしてくれてますよ。だから、私をここに置いて行ったんですから」

悲しみを隠すための偽りの言葉ではない。どこか慈しむような声音が、それを教えてくれる。

そして、柳村に向いて微笑んだ。

「でも、私は晩夏様以外からの霊力はいらないので、おじさんのもいらないかなぁ」

「そうですか。良かれと思い、霊力を送っていたのですが」

「……ありがとう、おじさん」

礼を告げる忍冬の声は、曇り一つない硝子のように澄んでいた。

◆　◆　◆

夜、主が慌てた声を出した。外から何やら物音がするので様子を見に行ったら、見知らぬ男が倒れていたらしい。酷く衰弱しているようだった。このままでは死んでしまうと、主はその男を家の中に運び、布団で寝かすと米を鍋で煮込み始めた。見ず知らずの人間にここまでするなんて主は甘い人間だった。言い方を換えれば『お人好し』。

主が台所に行っているうちに、男の様子を見に行った。廃棄することへの罪悪感か、行動は特に制限されていなかった。

まだ若い青年だった。成人に達していないかもしれない。着物姿で、札や独鈷杵《とっこしょ》を持ち歩いていたのを見ると陰陽師なのだろう。懐は寂しいようだった。まだ駆け出しなのか。熱もあるようで、顔を赤くして苦しむ青年の額に掌を当てた。硝子で作られた故に、熱を持たない体だ。氷代わりにはなるだろう。

『……ここは天国か？』

目覚めた青年の第一声はそれだった。首を横に振ると、『じゃあ、地獄か』と自嘲していた。それも違う。ここは現世だ。

『やってられない……俺は陰陽師になんぞなりたくなかったのに、家の連中は俺にやってみろって無理強いさせて、家から追い出しやがった』

『……廃棄された？』

『同じようなものだよ。俺には兄や弟のようによく回る頭も舌もない。そのくせ、幽霊だの妖怪だの見える目だけは持っている。そんな奴いないほうがいいだろ……』

嘘をついている、と思った。声も体も震えていた。目は潤んでいて、今にも涙が零《こぼ》れ落ちそうになっている。

『婚約者にも逃げられた。家と家との結束を強めるための結婚だ。互いに愛はなかったとしても……あんなに態度を変えなくてもな』

『態度が変わらなかったら？』

『そりゃ……ああ、うん。無理だ。あんな金と跡継ぎのことしか考えなかった女……というより、待て。お前は何者だ。妖怪じゃなさそうだし……妖怪か？』

『硝子人形』

答えると、彼は大きく目を見開いてから布団から起き上がった。

『……ここ、人形師の家か』

『倒れていたところを主が見付けた』

『けど、お前は何なんだよ。人形師は家政婦用には人形を作ってないって話だぞ』

『私は明日、廃棄される。だから、それまで好きにしていていいと』

『廃棄……？』

『私は出来損ないだ。早く壊して核を取り出す』

怒りも悲しみもない。なのに、自分ではなく彼が悲しそうに息を呑んだ。自分の境遇と重ねているのだろうか。そんなこと、無駄なのに。

『お前、それで――』

青年が何かを言いかける。台所から主の悲鳴が聞こえ、妖怪の気配がした。


「げほ……っ」

今日は咳が酷い。薬を飲んだが、効き目がない。もう少し強い薬を処方してもらったほうがいいかもしれない。そこまで考えて首を横に振る。

苦しいから何だというのだ。困ることなど何もない。もう、彼女はここにはいない。だったら、これ以上生きる意味もあまりない気がする。突き刺すような胸の痛みを無視して、出雲《いずも》の街を歩く。

「おじいさーん、大丈夫？　何か具合わるそ～」

小さな妖怪がこちらを見て、心配そうに声をかけるのが分かった。以前訪れた時よりも妖怪の数が増えたのは、あのホテルの影響だろうか。

人間だけではなく、妖怪も神も泊まることのできるホテル。その噂を聞き、忍冬が行きたいとせがむのを無視して、今まで近付こうともしなかった。何か裏があるのでは、と疑った時もある。なのに、自身の最期が近付き、あの場所を頼ろうと決めた。我ながら、図々しい。

あそこには陰陽師の家の者が働いており、どんな妖怪も神も温かく迎えると聞く。あのホテルにいれば、忍冬は式神として無体な扱いを受けることなく、穏やかな最期を迎えることが出来るだろう。

ひょっとしたら誰かが忍冬に霊力を送り、命を繋ごうとするかもしれないが、彼女は拒否するはずだ。そういう性格をしている。気丈な子だった。

「すまない……忍冬」

だが、自分はきっと耐えられない。彼女が壊れる瞬間など、見たくはなかった。

◆◆◆

今夜も暑い。ずっと冷たい風に当たりすぎるのもよくないと思い、自分の部屋はあまり冷やさないようにしているが、そうすると今度は暑さに苦しむことになる。

「アイス……食べたい……」

のろのろと立ち上がり、見初は冷凍庫を開けた。そこにはこんな日のために備えて買っておいたアイスが……ない。

「そ、そんな……何で⁉」

「ぷぅ……」

愕然とする見初を見上げ、白玉が気の毒そうに鳴く。あんなにあったはずのアイスがなくなり、製氷皿しかないという状況。残念ながら心当たりがあった。普通に見初が食べたのである。

だが、ここで諦めるわけにはいかない。見初は急いでパジャマから軽装に着替えると財布を掴んだ。

「売店に行ってきます！」

「ぷぅ～」

「あ、あれ、白玉さん⁉」

いつもなら、ここで白玉も元気についてくるはずなのだが、今日は見初に前脚を振ってベッドの上にこてん、と転がってしまった。見初の呼びかけにも反応せず、すやすやと寝始める。

ついに見放されてしまったと落ち込みながら、寮を抜けてホテル内の売店に向かう。今なら、まだ閉店までに少し時間がある。

「あ……」

売店には先客がいたようだった。そして、それは灰色の髪の少女だった。

「忍冬様……？」

「あっ、見初様だー！　こんばんは～」

水無月に置いて行かれてもう三日が経つというのに、忍冬は相変わらずの様子だった。ここから追い出すわけにはいかないと、一時的にホテルで預かっているのだが。

「何か欲しい物があるんですか？」

「はい！　ここにもこれが売ってるんだなって！」

忍冬が指差したのは、飲み物コーナーの一角。独特の形をした細長い硝子瓶と、その中で揺蕩《たゆた》うサイダー。

「……ラムネ？」

「私、ラムネが大好きなんです！　夏になるといつも晩夏様に買ってもらうんですよ。晩夏様はどうしてこんなもの好きなんだーっていつも文句ばっかり言ってますけどぉ」

忍冬がぷっくりと頬を膨らませる。それを見た見初は小さく笑った。二人のやり取りが目に浮かぶようである。忍冬にせがまれて、渋々ラムネを買う水無月。微笑ましい。

見初はラムネを二本、手に取った。

「一緒に飲みましょう、忍冬様」

「いいんですか？　私、居候みたいな身なのに？」

「美味しいものは誰かと食べたり飲んだりすると、もっと美味しくなるんですよ」

予定変更である。それに見ていたら見初もちょっと飲みたくなってきていたのだ。

「やっさしーですね、このホテルの人たちは。晩夏様ももっと早くここにくればよかったのに」

「ありがとうございます。あ、あとついでに色々お菓子も買って行きましょう！」

「わーい、おか……」

ぴたりと忍冬が言葉を止め、周囲を見回す。その顔からは笑みが消えていた。不安を覚えて見初が「忍冬様」と名前を呼ぶと、すぐに笑顔に戻る。

「……んーん、何でもないです。それより、お菓子、私も食べてみたいです！」

「えっ⁉　チーカマ⁉　渋いところ攻めますね……」

「親父臭いから食べるなって晩夏様に止められてたんですよー。酷くないですかぁ？」

二人で談笑しながらラムネのお供を選ぶ。

「あれは……まさか、硝子人形か……？」

その様子を一人の青年が、食い入るような眼差しで見ていた。

どうして、あんな無茶をしたんですか。主が男を手当てしながら叫ぶように訊いた。弱った体で、襲いかかる妖怪を、たった一人で祓ったのだ。そのおかげで要らない傷もたくさん作ってしまった。

しかし、それで主は救われた。陰陽師としての才能がなかった主ではきっと、あの妖怪に殺されていただろう。

『ですが、あなたのおかげで私も工房も無事でした。お礼として……』

『か、金なら要りません』

『そう言われましても。あなたがやったのは陰陽師としての仕事です』

『いや、別に何も要らないってわけじゃないんです。彼女を、一緒に連れて行っていいですか?』

急に主は手を握られた。包帯が巻かれたボロボロの手だった。

『金ならいくらでも払います。……分割でもいいなら』

『待ってください。その子は欠陥品です。式神としての役割は到底果たせません』

『分かっています。本人から聞きました』

『ならば、どうして。盾に使うというのなら、渡すことは出来ない』

『違います。俺が彼女といたいと思いました。この子が生まれた理由を、俺が作ってやりたいと思ったんです。式神として使えないってだけで人生が終わるなんて、そんなの辛すぎる』

◆　◆　◆

「あーーーーーーー‼」

見初の口から悲鳴が上がる。飲み口にビー玉を押し込めた瞬間、中からサイダーが溢れ出して見初の手を汚したのである。忍冬に「流しで開けたほうがいいですよ！」と言われなければ、テーブルでやって大惨事を招くところだった。

「わぁ～、ふわふわしてて可愛いですね！　それにすごくちっちゃい！」

「ぷぅ！」

忍冬に抱っこされながら撫でられて、白玉はご機嫌な様子だった。見初が忍冬を部屋に連れてきた時は何だかそわそわしていたが、すぐに打ち解けたらしい。きっと、妖怪でも式神でもない彼女の気配に戸惑っていたのだろう。

「どうぞ、忍冬様」

「ありがと、見初様」

忍冬に渡してやると、こくこくと飲み始めたので見初も口をつける。しゅわしゅわと弾ける泡の刺激とすっきりした甘み。何だか子供の頃に戻ったみたいだ。ラムネを飲むのは久しぶりだった。味は普通のサイダーとあまり変わらないのだが、どうしてか夏を強く感じる。きっと、この見た目のせいだろう。

「ぷはーっ！　いつ飲んでも美味しいですね！」

「ぷ、ぷぅぷぅ」

白玉が前脚をぱたぱた動かす。飲ませて欲しいのか。ただ、炭酸は妖怪にとって、ちょっと心配なので駄目だ。風来と雷訪ががぶ飲みしているが、ここは過保護になろうと思う。

「白玉さんにはこちらをご用意させていただきました」

「ぷぅ〜〜〜！」

小さくカットされた林檎《りんご》をもらい、白玉の目が輝く。喜びを表すよう、元気に跳ねる白玉に忍冬が頬を緩める。

「可愛いなぁ。晩夏様もこういう可愛い式神か使い魔を持てばよかったのに」

「あ、白玉は式神でも使い魔でもないんです」

「そうなんですか？」

「はい。友達です」

「ぷぅぅぅ〜！」

「そうじゃなかった。親友です」

白玉が拗《す》ねたように鳴くので慌てて訂正する。すると、忍冬は目を丸くした。

「晩夏様みたいですねぇ、見初様」

「えっ、そうですか⁉」

「ずっと私のこと心配してくれてるし、とっても優しい人間です。だから、晩夏様はここを私の終《つい》の棲家《すみか》として選んでくれたのかな」

柔らかな声で言う硝子人形に、見初はラムネ瓶をぎゅ、と握った。

柳村が話してくれた。恐らく、水無月には既に忍冬の体を維持する分の霊力を注ぐだけの体力は残っていない。霊力を外部から得なければ、やがて忍冬は砕けてしまう。

ホテル櫻葉に忍冬を残して去ったのは、彼女を不要と思ったわけでも、匙《さじ》を投げたわけでもない。この場所でなら、彼女が穏やかな最期を迎えられる。そう思ったから。

五十年、ずっと一緒だった忍冬とこれ以上いられないと気付いた時、彼はどんな気持ちだっただろう。忍冬のことを思い、置いて去ろうと決めた時、どんなに思い悩んだだろう。

そんな水無月の苦悩と愛情を、忍冬はすべて分かっている。だからこそ、こうして笑っている。

「……忍冬様はどうしてラムネが好きなんですか？」

「私と似てるからですね！　もちろん、美味しいっていうのもありますけど」

半分まで飲み終えたラムネを揺らしながら忍冬は答えた。硝子の中でビー玉がカラン、コロン、と音を立てた。

「硝子人形の核、人間にとっては心臓に当たる部分はとっても綺麗な石なんですよ。丸くてキラキラ輝いてて……まるでビー玉みたいに！　見初様もそのうち、見られると思うから楽しみに待っててください」

「た、楽しみにはちょっとしづらい、ですかね……はは……」

つまり、それは忍冬が壊れる時を意味しているのだろう。素直には頷けないと、見初は頬を引き攣らせた。

「でも、当分その時はこないかもしれないですね」

「……？」

「だって、本当だったらもう私は砕けてるはずなんです。なのに、まだ私がこうしていられるのはきっと……」

忍冬の声が少しずつ小さくなっていき、俯《うつむ》いてしまう。何かあったのか、と見初が案じながら声をかけようとすれば、笑顔のままで忍冬が顔を上げた。

「なーんて」

「はい？」

「よく分からないけど、動けるうちはたくさん楽しいことをするってことで。そのほうがいいに決まってますからね！」

「……そうですね！　じゃあ、今夜は楽しむってことで！」

「ぷぅ～～～！」

……交換日記で、冬緒が見初に教えてくれた。忍冬は硝子人形として、異質な存在なのだと。硝子人形は、思考機能は取り付けられているが、感情は本来存在しない。式神としてそんなものは不要だとされているからだ。

なのに、忍冬には感情が備わっている。それに人間文化に対する知識もある。そこは見初も引っ掛かっていた。彼女は現代の暮らしや単語を熟知している。常連客である神ですら、時折たどたどしい部分があるのに、忍冬は人間と同じように会話し、楽しんでいるようだった。

『きっと、あの人が忍冬に色々と教えてたんじゃないか』

それが最後の一文だった。すぐに返事を書こうとは思わず、見初はノートを閉じた。

その夜、不思議な夢を見た。灰色の髪の少女が、若い男から何かを手渡されている。どこかで摘んだ、野花で作った小さな花束だった。

少女がそれを受け取ると、男がはにかみ、少女がどうしてそんな顔をするのかと訊いた。嫌みではなく、純粋な疑問らしい。男は少し面白くなさそうに溜め息をついて、こんなものでも受け取ってもらえてうれしいのだと答えた。

嬉しいと感じると、笑うように人間は出来ているのかと次の質問に入る少女に、男が顔を赤くしている。

とても優しい夢に感じられた。

◆　◆　◆

大都会と違って、この街では星がよく見える。真っ暗な空に広がる光の粒。星はいい。星は美しい。暗いだけの夜を彩ってくれる。

「おや、こちらにいましたか」

「…………………」

「申し遅れました、私は柳村。ホテル櫻葉の一員でございます」

柔和な笑みを浮かべた男が、こちらに歩いてくる。あのホテルの総支配人であり、恐らくは同業者。それに自分の遥か上を行く実力者。

「どうして、私がこんな……山の中にいると？」

「忍冬様に残っていたあなたの霊力を追ってみました。ですが、よかった。まだ出雲にいてくれたのですね」

「……忍冬がまだ動き続けている」

「はい。うちの従業員たちと過ごしております」

「もしや、あなたが……？」

尋ねると、柳村は「はい」と素直に頷いた。

「あの方はお客様の忘れ『者』です。大切に扱わなければなりません」

「だから、あなたが忍冬に霊力を……」

「忍冬様をお迎えにきていただけませんか？」

穏やかな訴えに、水無月は首を横に振った。

「あれはもう、私には不要のものです。好きになさって結構。霊力を注がず、砕けるのを待てばいい。あんなにうるさい娘など、いつまでも置いていても迷惑なだけでしょう」

「砕け、とは言わないのですね。あくまで、自然に壊れるのを私たちに見届けて欲しいと。……ですが、忍冬様が最期の時を共に過ごしたいと願うのは、あなたなのです。水無月晩夏様」

「……盾にもなれず、どこに行くにしても寄り道ばかりをするような役立たずでした。手放して未練はありません」

「大切にしていた式神を、自らが原因で失う恐怖と悲しみはとてつもないものです。ですが、式神が主を思う心はそれよりも大きい」

柳村の柔らかな言葉が夜の中に放たれ、ゆっくりと溶けていく。それは説得ではなく、祈り。まるで自身の望みを託すかのような。

「忍冬様が望む最期を与えてくれませんか。水無月様……」

ああ、と自らの弱さを呪う。もう二度と、彼女には会わないはずだった。耐え切れないと思ったから。

なのに、彼女の声が聞きたいと、彼女の笑顔が見たいのだと、今さら思ってしまう。どうしようもない。血の滲むような努力を重ね、死ぬ思いを何度も繰り返しているうちに、五十年が経った。陰陽師として十分な実力もついた。

だが、心だけはあの日、あの夜、彼女と出会った時から何一つ変わっていない。

◆　◆　◆

「昨夜、調子に乗って忍冬様とお菓子を食べまくってたら、異変が起きました」

「太ったのか」

「体重計がちょっとバグりました」

「目の前の現実に向き合って欲しい。俺はどんなお前でもありのままに受け止めてやるよ」

優しい声で言われた。とても頼もしい。しかし、仕事が終わった後は軽い走り込みをするつもりである。

だから、朝食はしっかり食べよう。昆布の佃煮が甘じょっぱくて無限に米が胃に入るなぁと思いつつ、一杯目を完食しかけていた時だった。何やら玄関のほうが騒がしいことに気付いた。

そういえば、永遠子がいない。様子を見に行った従業員によると、客と永遠子が揉めているらしい。

その情報に見初と冬緒は顔を見合わせた。

「わざわざ寮にきて……？」

「まさか永遠子さん狙いの妖怪か神か？」

「でも、人間みたいです」

「ある意味タチが悪い」

実のところ、こういうのは人間が一番対処しづらいのだ。早く助けなければと二人で玄関に行ってみる。

すると、永遠子と二十代くらいの男が会話をしていた。というより、男が何かを永遠子に頼み込んでいるような。

「そこを何とか！　だって、もう彼女には持ち主がいないって話でしょ？」

「お断りします。あの子は大切な預かりものです。他のお客様にお渡しするわけにはいきません」

「でも、あんな貴重なものをこんな場所に置いて行ったんですから、もう要らないんだと思いますよ」

怒気を滲ませた声であしらおうとする永遠子に、男がにやけた顔で縋《すが》りつこうとしている。

嫌な予感がする。見初は永遠子に声をかけた。

「永遠子さん、この方は……」

「あ、あなたは昨日、あの人形と一緒にいた人ですよね？」

男がずい、と見初に顔を近付けようとする。眉を寄せた冬緒が二人の間に割り込むことで、防いだが。

「人形って……忍冬様のことでしょうか？」

「はい、はい！　あれを是非、僕に譲って欲しいと思いまして」

「お断りします」

考えるまでもない。すぐに拒否した。

「そんなこと言わずに！　金ならいくらでも出しますから」

「お金の問題じゃありません。だいたい、あの子を欲しがるのはどうしてなんですか？」

「そりゃあ、あれが硝子人形だからですよ！」

ぱん、と手を大きく叩いて男が答える。

「僕は硝子人形の研究を行っておりまして。一時期しか製造されず、その殆どが壊れた硝子人形。それがほぼ原形を止めた状態で、現存している！　どのような性能をしているのか、調べ甲斐があるというものです！」

「そうですか。ですが、彼女は元の主が迎えにくるまでは、ホテル櫻葉で保護させていただきます」

淡々とした口調で、永遠子が男の言葉を撥《は》ねのけていく。彼女が相当怒っていると、刺々《とげとげ》しい口調から伝わる。

「……私も櫻葉の意見に賛成です。お客様にあの子はお渡しできません」

「な、何でですか。ちゃんと大事に扱うようにしますから――」

「忍冬様はとある方にとって大切な人です。物じゃない」

水無月のように、忍冬を守ってくれる者にならない。そんな考えもないと言えば嘘になる。だが、この男は駄目だ。絶対に渡してはならない。見初が強く睨み付ければ、男はわざとらしく、肩を竦《すく》めた。

「……仕方ありません」

「納得していただけましたか？」

「納得はしてませんよ。僕が追い求めていた硝子人形。その情報が得られるかもしれないと、わざわざこんな田舎のホテルに泊まりにきたんです。徒労で終わらせるつもりはないので」

男の目がぐにゃりと歪む。ぞわりと込み上げる得体の知れない感覚に、見初は身震いをした。

「お前……！」

冬緒が男の胸倉を掴む。

「ちょ、椿木さん！　いくら何でもお客様に乱暴は……」

「違う！　こいつは陰陽師だ！」

「え？」

「今、式神を使ったな⁉　何をするつもりだ⁉」

切羽詰まった表情で男を揺さぶりながら、問い詰める。だが、男はまったく怯む様子がなく、それどころか愉し気に笑い声を漏らしていた。

「くく、ふふ……大丈夫ですよ。このホテルには何もしません。ここを懇意にしている妖怪からの報復や神の祟りは僕も怖いからですからね」

ただし、と男は言葉を続ける。

「目的は果たさせてもらいます」

「ほぉ、お主は『さいだー』が好きなんじゃやな。けれど、まだまだひよっこよのぉ」

「おじいちゃんなんか千年生きてるんでしょ？　だったら、私なんてそりゃひよっこですよー！」

「ふぉっ、ふぉっ！　よいか、人形の。この世には酒というものがあってのぅ。中でも『びーる』という麦で作った酒が絶品なんじゃよ！　あの琥珀《こはく》色と雲のように白く柔らかな泡！　癖になる苦み！」

「あ！　知ってますよ！　でも、酒なんて飲むものじゃないって晩夏様に言われて、飲んだことないんですよー！」

売店の前で忍冬と会話を弾ませているのは、白装束姿の雨神《あまがみ》だった。自慢げにビールのプレゼンを始める神に、忍冬も声を上げる。

「お主も機会があれば、飲んでみるといいぞ」

「……ん、でもおじいちゃん、私のこと気付いてるんでしょ？　一目見て人形だって分かったみたいですし」

「さてのぅ、何のことやら。じゃが、ワシはお主ともっとこうやって話がしてみたいのぅ。お主をここまで守り続けた晩夏とやらに会うてもみたい」

「……そんなこと言われちゃうと、壊れにくくなっちゃうじゃないですか」

「すまん、すまん。さて、そろそろワシは部屋に戻ろうかのぅ。人形の、また今度」

「……はい！」

雨神が部屋に戻って行く。その後ろ姿を手を振りながら眺めていた忍冬の動きがピタリ、と止まる。

「ひ、ひぃ……!」

売店から悲鳴が上がる。店員の周囲に、透明な硝子のような体の蛇が絡み付いていた。そして、忍冬を数匹の蛇が取り囲んでいた。

「ア、ア」

蛇の口から耳障りな声が聞こえてくる。

「ア、主サマガ、オ待チダ。共ニコイ」

「嫌です~! あなたたちと私じゃご主人様が違うじゃないですかー!」

忍冬が頬を膨らませてそっぽを向く。予想していた反応だったのか、蛇たちに気を荒げる様子はなかった。だが、自らの体を忍冬に巻き付ける。

「人形、オ前ニ拒否権ハ、ナイ。従ワナイノナラ、締メ付ケを強メルゾ」

「…………」

「恐ロシイダロウ? コノママデハ砕ケテシマ……」

「――笑わせるな」

氷のように、冷たい声だった。主の命に忠実に動くために作られた式神である蛇たちを、動揺させるほどに。

無邪気な笑みを浮かべてばかりだった忍冬の顔から表情が消え、『人形』と化す。

「私は人形だ。恐怖というものは備わっていない。自らの死を恐れるものか」

「オ、オ前、何ダ？　先程ト様子ガ……」

「これが本来の私だ。そして、思い知れ」

硝子人形が自らの右腕を上へと伸ばす。何かを呼び起こすかのように。

「硝子人形の力を」

パリン、と何かが割れるような、けれど美しい音がした。

男が膝をついた。その異変に永遠子が駆け寄ろうとした瞬間、男は血走った眼で絶叫した。

「う、うぎゃぁぁぁぁぁああぁぁぁあ⁉」

「⁉　あなた、どうし……」

「し、しきがみっ」

「え？」

「あの人形……僕の式神を破壊したどころか、そのダメージを僕に送り……ぐっ、あああああっ‼」

激痛に呻《うめ》く男に、永遠子は困惑する。これをあの少女がやっているのだろうか？

「見初ちゃんと冬ちゃん……大丈夫かしら……」

すぐにホテルに向かった二人を案じ、永遠子は表情を曇らせた。

◆ ◆ ◆

「あ、あ……」

売店の店員は体と声を震わせながら、目の前の光景をただ眺めることしかできなかった。

まるで幼い子供のようにはしゃいでいた少女が、蛇のようなものを一瞬ですべて破壊し、その残骸《ざんがい》に赤い光を送り続けている。それがあまり、よくないものだとはすぐに分かった。

「も、もうそれ以上は……！」

「忍冬様！」

その呼び声と共に、忍冬に誰かが飛びつく。

「も、もうやめましょう、忍冬様！　式神もあんな感じになっちゃってるし」

「……見初様」

「駄目です！　暴力行為はホテル櫻葉ではご法度ですから‼」

見初の体から四季神《しきがみ》の、触覚の能力による光が零れ出す。それが忍冬に纏《まと》わりつくと、式神へ放っていた赤い光が少しずつ小さくなっていく。

力が勝手に弱まる感覚に忍冬が瞠目《どうもく》していると、横から投げられた札が蛇たちに貼り付き、蛇と共に消滅する。

「これでよし……」

　余った札で顔を仰ぎながら冬緒が安堵の溜め息をつく。

「忍冬様……」

「そ、その子は悪くありません！」

　売店の店員が見初と忍冬へ駆け寄る。

「私もあの蛇に襲われそうになっていたんです！　それをこの子が助けてくれて……」

「分かってます……だって、忍冬様は」

　いつ、砕けてもいいと思っていた。自分の死を決して悲観していなかった。そんな彼女がここまでしたのだ。たとえ、自分を強引に攫《さら》おうとした人間相手でも、理由があるはずだった。

「……す、素晴らしい！　これが硝子人形の力か……！」

　あの男がふらつきながらも、こちらへ歩んでくる。ずいぶんと苦しそうにしながらも貼り付けた笑みは崩そうとしない。その姿に見初は嫌悪を覚え、忍冬を庇《かば》うように自分の後ろに隠した。

「駄目だ、そんなにすごい力を持っていると分かったら、絶対に諦めるわけにはいかない。君は絶対僕が連れて帰る。もっと、もっともっと君を見せてくれ……!!」

「こいつ、全然懲りてないぞ……」

「ふっざけないでくれます⁉　忍冬様をあなたみたいなのには渡さないって、何度言ったら分かるんです⁉」

「時町、落ち着け！」

「だったら、それの持ち主を今すぐここに連れてきてくださいよ！　どうせ、その人形の世話に飽きて捨てたくせに！」

「はぁぁぁぁぁ⁉　事情もよく知らないくせによっくもまあ、そんなこと言えますね⁉」

「時町、ステイ！　他のお客様きちゃう！」

騒ぎが大きくなる。それを心配して冬緒が何とか止めようとする。主に見初を。ひとせが力を吸い取ったおかげで、以前のように人間への影響はないと思うが、ここまで感情が高ぶると何が起こるか分からない。

あんな奴、どうなろうが知ったことではないのだが。見初がそう思っていると、男の足が動きを止めた。

「な……んだ？　体が、う、動かな……」

「お前に金縛りの術をかけた。人間相手には出来れば使いたくないが……」

カツン、カツン、と革靴が床を叩く音。スーツを着た白髪の老人が男を睨み付ける。

「……私がその硝子人形の主だ」

「く、くそっ、放せ、ジジィ……」

「これぐらいの術も自力で解けないくせに俺をジジィ扱いか。嘗めるな」

男を咎《とが》める水無月の姿を、忍冬が呆けたように見詰める。

「……晩夏様」

「お前を忘れて出て行ったことを思い出してな。迎えにきた」

「も、もー！　何十年も一緒にいた可愛い式神を忘れるとか、何なんですかー！」

忍冬の顔に、楽観的な笑みが戻る。それを見て、溜め息を小さくつく水無月だったが、男は二人のやり取りを見ても尚、欲にまみれた眼差しを忍冬へと向けていた。

「嫌だ、ここで諦めるなんて絶対に嫌だ！　人形……硝子人形……欲しい欲しい！」

「そりゃあ、困るのぅ。将来、ワシの新しい飲み仲間になるかもしれんのに」

その声に男の顔から血の気が引いていく。一方、見初たちは常連客の白装束の老人に、意外そうに首を傾げた。

「雨神様？　飲み仲間って……」

「この子には酒の旨さを知ってもらいたくてのぅ。だから、こやつのような者に引き渡すわけにはいかん」

雨神が宙から青い石の装飾が施された杖を出現させ、それを構えると切っ先を男へと向けた。

「小童。お主は神の怒りに触れた。その報い、受けてもらおうぞ」

「か、神？　そ、そんなの僕は知らない。それがあなた様のお気に入りだなんて知らなかった！」

男の声に恐怖が入り混じる。彼の忍冬、いや硝子人形への執着は強烈なもので、式神を放ってまで手に入れようとしていたが、妖怪や神への干渉は避けたいと思っているようだった。

だが、その目論見は破綻してしまった。

「理不尽に思えるかのぅ。じゃが、神とはそういうものじゃ」

「お、お許しくださいっ、私は、僕は……」

「この人形が神の寵愛を受けていると知っていれば、手を出さなかった。そう言いたいのじゃな。……愚か者め」

雨神から冷たく湿った風が吹き荒れる。瞬間、男の体ががくん、と大きく揺れる。水無月の術が解けたのだろう。半泣きになりながら、逃げ去っていく。

同時に風も止んだ。

「ふむ……ここで彼女に許しを乞おうものなら、まだ罪を軽くしてやったものを」

「私の術を解いたのはあなた様でしたか……」

「いかにも。あの者には更生の余地がいくつもあった。じゃが、それをすべて捨て去った」

「おじいちゃん」

そう言いながら、雨神が去ろうとする。それを忍冬が呼び止めた。雨神の皺《しわ》だらけの手が少女の頬をそっと撫でる。

「すまんのぅ。気付くのが遅れてしまった」

「そんな謝らなくてもいいですよー！　おじいちゃん、すっごくかっこよかったですよ！」

「そうか……そうか。また、いつか、どこかで会おうぞ」

「はいっ、どこかで！　その時は一緒にビール飲みましょうね」

その言葉に目を細めた雨神は巨大な水球に姿を変えると、パンッと風船のように音を立てて、弾け飛んだ。

呆然とする見初に、冬緒が肩を叩く。

「……陰陽師を追ったんだろ。ひととせ様と違って、あれは本気で怒ってた。止められないぞ」

「はい……でも、忍冬様が無事でよかったです。心配したんですよ、すいか……」

にこり、と微笑む少女に、見初は違和感を覚えた。冬緒は既に気付いていたのか、彼女から視線を逸らす。

「まさか……」

「忍冬、腕を見せてみろ」

水無月が着物の袖を捲り上げる。そこには焦げが残る腕があった。そして、大きな罅《ひび》が生じていた。それはピシ、パキ、と音を立ててどんどんと面積を広げていく。

水無月の顔が歪む。

「……柳村という男が、お前に十分な霊力を注いでいたはずだが」

「えへへー……すみません」

「力を使ったのか」

「ちょっと、ムカッとしたのでつい。やっぱり私の体、失敗作だったんですね。たった一回、式神としての力を使っただけなのに、こんなふうになっちゃうなんて」

軽い口調で話す忍冬へ、見初は手を伸ばそうとした。今なら、触覚の力で何とかなるかもしれない。

だが、それを止めたのは冬緒だった。

「つ、椿木さん……」

「ここでお前の能力を使えば、一時的にあの子は助かる。でも、すぐにどうしても壊れる。力を使った反動が大きすぎて体の崩壊が止められなくなっている」

「そんな……私たちが忍冬様を守ってあげられなかったせいなのに……」

「あなたたちのせいではない」

声を震わせる見初に、水無月が苦笑しながら否定する。

「あなたたちは忍冬を大切に預かってくれていた。それはこいつの顔を見ていれば分かる」

「でも」

「それに、いつかこうなる運命で……ケホッ」

「晩夏様！」

咳き込み始めた水無月に、忍冬が鋭い声で呼んだ。

「……俺はこの通り、だ。お前には言わなかったが、あまり永くない命だ。お前を生かすための霊力も与えられなくなっていた……」

「……知ってましたよ、そんなの。晩夏様は隠してたみたいだったけど」

「……っ、忍冬」

息を整えながら、水無月が忍冬の手を握る。忍冬も握り返そうとするが、指がすべて砕けてしまい、それは叶わなかった。

◆　◆　◆

空が炎色に染まる。夜になる間際、刹那《せつな》の一時。

人気のない静かな道。一人の少女を背負い、歩き続ける男の姿があった。

「まったく年寄りに背負わせる奴があるか……」

「いいじゃないですかー！　最期ぐらい我儘《わがまま》言わせてくださいよ」

「お前はいつも我儘言ってただろ」

「ふふ。でも、そんなに重くないと思いますけど」

「そうだな。少しずつ軽くなってきた」

一歩一歩、歩く度に地面に透明な破片が落ちる。それに比例するように次第に背中の重みが消える。体の負担は軽くなっていくのに、心が裂けるように痛い。

けれど、これはこれでいい。罅割れ、砕けて行く彼女の姿を見ずに済む。

「……私、幸せでしたよー。私にいっぱい、いっぱい教えてくれて、楽しかったなぁ」

「そうか。こんな男に五十年も付き合う羽目になったと、嫌気が差していると思っていた」

「またまた。そんな自虐的なことを言っちゃって」

くすくすと耳元で聞こえる笑い声。いつもと変わらない。もうすぐ二度と聞けなくなる声。

「そういえば、ずっと訊きたいことがあったんですけど」

「何だ」

「どうして五十年、ずっと私と一緒にいてくれたんですか？　陰陽師なんていやいややってるみたいだったし、私にはずっと霊力を送らないといけなくて大変だったのに」

「……お前には恋だの愛を教えていなかった。だから分かるはずがない。一目見て惚れた相手に尽くしたい男の気持ちなんぞ」

「なるほど、よく分かりませんねぇ」

「だろ？」

空の炎が夜の闇に呑み込まれていく。あと、どのくらい、こうしていられるだろう。

視界が滲み、前が上手く見えなくなってきた。

「忍冬」

「はぁい」

「俺もすぐにお前を追いかける。どうせ、他に行く当てもないからな」

「本当ですか？　でも、そんなに急ぐ必要はないと思いますよ。ゆっくり、寄り道しててください」

「どこに行けと？」

「そんなのは自分で考えましょうよ。いっぱい……色んなところに寄り道して……いっぱいお土産話、用意してくだ……さい……それで……くたくたになって……つか……れたら……こっちに、きて……」

パリン。

今まで生きてきた人生の中で、一番綺麗だと思えるような音に足を止めて見下ろした。ビー玉ほどの大きさだろうか。淡く輝く虹色の珠が転がっていた。

「忍冬」

その呼びかけに応える声はもう、存在しない。背中の重みも消え去っていた。

ぽつ、ぽつ、と彼女の核の横に水滴が落ちる。雨など、降っていないというのに。

「俺はお前の育て方を間違えたよ。すぐに会いに逝かせてもくれない」

震える指で珠を拾い上げ、握り締める。

「……お前は俺からたくさん教えられたと言っていたが、それは俺の台詞《せりふ》だ。お前に出会って、お前に恋をして、俺は生きる楽しさを学ぶことができたんだ」

どうか、この声が掌の珠を通して彼女に届いて欲しい。

◆　◆　◆

「ご利用ありがとうございました。またのお越しをお待ちしております」

「ええ。こちらこそありがとうございます。いい……旅になりました」

チェックアウトの朝、満面の笑みを浮かべて自分に頭を下げるベルガールに、水無月は頬を緩めた。彼女は忍冬をずいぶんと気にかけていたらしい。ラムネや菓子なども奢ってもらったと聞いた時はさすがに、その代金を払おうとしたが、それも彼女に止められてしまった。

　本当に優しい女性だった。ここで過ごした日々は忍冬にとって大切な思い出となっただろう。

「では……また、そのうち……」

「あっ、その前に！」

　そう言って見初がデスクの下から白いビニール袋に入ったものを、水無月に差し出す。

「これは？」

「ラムネです。……忍冬様にと思って買ってたんですけど」

「……ありがとう。あいつの代わりに私が飲……」

「あっ、で、でも！　お体に悪いかもしれないですから……‼」

　ハッとした様子で止めようとする見初に、水無月は首を横に振る。

「心配なさらず。私が飲もうとも思いましたが、これは忍冬のところに行く時のお土産として、取っておきます。あいつの我儘を聞くために、もう少し生き続けなければならないので」

「そ、そうですか」

「ラムネがどんな味なのかは気になりますが……楽しみはもう少し先に取っておきます」

　呆けたような、安堵したような顔の見初に水無月は頭を下げて、今度こそ外に出る。どこからか聞こえてくる蝉の鳴き声。いつも煩《うるさ》いとばかり思っていたそれが、今は聞いているると別の気持ちも生まれてくる。

あと、夜をいくつ迎えられるか分からない体だ。それでも、限りある命でどこまでも、歩き続けて行こうと思う。

彼女もそれを望んでいる。

「さて、まずは出雲の観光といくか……なぁ、忍冬？」

紐を通された虹色の珠を首から下げ、水無月は歩き出した。

エピローグ

「夏だ！」

「西瓜《すいか》ですぞ！」

「「西瓜割り‼」」

木の棒と目隠し用の鉢巻きを持ってはしゃぐ二匹の前に、「はい、どうぞ」と永遠子《とわこ》がそっと置く。

既にカットされている西瓜を。

しゃり……しゃり……と虚無の表情で西瓜を齧《かじ》る獣たちに、西瓜に塩をかけながら見初《みそめ》と冬緒《ふゆお》は憐れむような視線を向けた。

「可哀想に……」

「西瓜割りした後だと切りづらいからって、永遠子さんにさっさと切り分けられちゃったもんな……」

「でも、美味しいですねぇ、この西瓜」

普通の西瓜より、甘みがあるような気がする。なのに、瑞々しさは健在だ。夏にはぴったりである。

「ぷぅ〜！」

「白玉《しらたま》も喜んでくれ……ウッ」

「ぷ？」

白玉の口回りやお腹が真っ赤に染まっている。カット西瓜を嬉しそうに食べる姿は可愛いのだが、これは怖い。

「し、白玉……あとでお風呂に入ろうね……」

「ぷぅっ……」

「すぐ！　すぐ終わるから！」

絶望のあまり、食べかけの西瓜をぽとり、と落とす白玉に見初は心を鬼にすると決めた。

「は〜……夏ですねぇ……」

「そういえば、もうすぐ誕生日か」

思い出すように冬緒がふと言葉を零《こぼ》す。誕生日。脳裏に浮かんだのは人物、ではなく建物だった。

ホテル櫻葉《さくらば》の創立日である。

「今年も無事に迎えられそうですね」

「そうだな。悠乃《ゆうの》さんも安心してるんじゃないか？」

冬緒の視線の先では、西瓜を皮ごと食べようとする風来《ふうらい》を、雷訪《らいほう》と共に止める永遠子の姿があった。

「……ん？」

「どうした、時町《ときまち》」

「いえ……」

戸惑いの言葉を漏らしながら、見初は永遠子——の背後を凝視した。そこには今も孫を見守る悠乃がいるはず。

なのに、一瞬だけ黒い靄《もや》のようなものが見えたのだ。

◆　◆　◆

妖怪二匹が山道を歩く。その話題は、片方が先日行った『ほてる』という宿のことだった。

「へぇ～、お前あそこに行ったのか。どうだった？」

「飯も美味いし、ベッドもふかふか。けど、何より人間が優しかった。もっと高圧的な態度を取られると思ってたのに、妖怪も平等に扱ってくれたよ」

「いいところだな。確か、陰陽師が造ったんだっけか」

「ああ。櫻葉悠乃って陰陽師だ」

「じゃあ、女か。大したもんだな。……ってあれ？」

連れが立ち止まり、何かを思い出すように頭を抱え始める。

「おい、どうしたんだよ」

「櫻葉悠乃……悠乃……その名前、どこかで……」

「まあ、有名な陰陽師らしいけど……」

「そうじゃなくて……思い出した！　その女って――」

言葉は最後まで続かなかった。その先を告げようとした妖怪の体が、内側から爆発したかのように弾けて、消えた。

「え……な、何で……」

隣を歩いていた仲間が突然、消滅した。その事実を受け入れられず、困惑していた妖怪も、同じように弾け飛び、その残骸は塵《ちり》となって風に流されていった。

「……悠乃。懐かしい名前だな」

妖怪たちがいた場所には、一人の少年がいた。その声は懐かしむようであり、憎むようである。

「あいつが造った宿、まだ残ってるんだ。いいな。死んでも何かが残るっていうのは。死んだら何も残らない奴らもいっぱいいるのに……」

ぐっ、と強く握られた拳の隙間からは、赤い液体が滴り落ちる。血で濡れた地面が黒い煙を上げながら焼け焦げる。

「だったら、私が壊してやるよ。君が大好きなもの、大切なもの。すべて、壊す。そうじゃないと……」

少年の声は、強く吹き荒ぶ風の音に掻き消された。

番外編・恋愛アドバイス

「交換日記を続けていても、恋の波動がまったく感じられません。これはまだ時町《ときまち》とのフラグを作っていないからでしょうか？」

「どうして、それを僕に聞くの。普通、ここは永遠子《とわこ》さんでしょ」

そう言いながら、冬緒《ふゆお》のためにコーヒーを用意してあげる天樹《あまき》は優しかった。バーの営業を終え、戻って寝る準備をしていた時にやってきたのである、この男。寝る前のＳＮＳ巡りがおじゃんになってしまった。

「永遠子さんに協力してもらうのはいいんですけど、またトラウマを作ってしまうのは嫌だなって」

「トラウマの原因、君の自害未遂でしょ。また自害する気？　命をもっと大事にしな」

「天樹さんとか海帆《みほ》さんなら俺が何かしでかして、前後不覚になっても殴って止めてくれるって俺は信じてます」

信頼してくれるのは嬉しいが、つまり言葉より暴力で事を収める部類に入っているということだ。自分は自覚があるからいいとして、妹もそれにカウントされるのは少し複雑である。海帆は口調こそあんな感じで、火々知《かがち》とよく小競り合いをしているが、自らの拳を振るうことは少ない。

「でも、交換日記続けててもやっぱり進展してなかったんだねぇ……」

「わ、分かるんですか⁉」

「だって、内容的に交換日記じゃなくて交換日誌じゃん。何で仕事の連絡簿として活用されてるの……」

当初、見初《みそめ》から「こんな感じですかね？」と交換日記を見せてもらった時、天樹は困惑した。え？　お付き合い前提の交換日記をどうして第三者に見せるの、この子、と。側にいた桃山《ももやま》も「いいのか……？」とちょっと混乱していた。それに対し、見初は「いいです！」と曇りなき眼で答えた。

その中身。最初の一ページに、『椿木《つばき》さん、明日○○時と○○時に予約が入っています』と書いてあるのを見て衝撃を受ける。その次のページ、つまり冬緒の文章には『白玉《しらたま》の食欲があまりないみたいだけど、大丈夫か？』とあった。

あんなのがずっと続いているのだ。これで見初に恋が芽生えたら奇跡である。

この状況の異質さに冬緒も気付いていたようで、捨てられた仔犬のような目で天樹を見てくる。

「このままじゃ、二十冊目に突入しても俺たち変わらない気がするんです」

「うーん、本人に指摘してみたら？」

「え、えぇ……」

　なぜか、口ごもる冬緒。

「でも、時町の慣れない感じが健気で、俺には何も言えなくて……」

「心が綺麗だなぁ……」

　優しければすべて解決するのなら、この世に争いなど存在せず、もっと平和になっているに違いない。しかし、それに今は世界の平和より、冬緒の心の平穏である。

「じゃあ、椿木君からもっとそういう話題を振ってみたら？」

「将来はマンションと一戸建て、どっちに住みたい？　みたいな感じにですか？」

「えっ⁉　何で恋人すっ飛ばしてもう結婚した後の生活夢見てんの⁉」

「じゃ、じゃあ、白無垢《しろむく》とウェディングドレスどっちがいいとか⁉」

「だから、その重みのある二択止めなよ！　時町さんびっくりしちゃうじゃん‼」

　恋愛に慣れていないと言った口で、提案することではない。まだ恋人になる可能性すら低いのに、将来設計だけは完璧にしていても。

「ダメだよ。もっと……時町さんにあったレベルじゃないと……というか、普通の人でも多分、引く」

「すみません、俺もあんまりこういうの慣れてなくて……」

「だ、大丈夫だよ。僕も恋なんてしたことないから。……うん、僕じゃなくて、こういうのはもっと適任者がいると思う」

　オタクでは現実における恋愛相談を引き受けることは難しい。冬緒が真っ先に頼ってくれたことは嬉しいが、自分は向いていないのだ。

「というわけで、椿木君の相談相手に相応《ふさわ》しい人にアドバイスをもらいましょう」

「ふ、相応しい？」

「うん。時町さんに感性が近い子に訊くのが一番だと思うんだ」

　そして、その人物はこのホテル櫻葉《さくらば》で最も天樹と近い存在だった。

◆　◆　◆

「は？　見初にもっと意識してもらいたいんだけど、どういう日記を書けばいいかって？」

　翌日の夜、バーに兄に連れられてやってきた冬緒からの質問に、海帆は呆れ半分、困惑半分の声を出した。

「そんなの、何で私に訊くんだよ。永遠子さん辺りが適任じゃん」

「時町さんの鈍さは天下一品だから、彼女と波長が合う女の子からの意見を貰うのがいいかなって思ったんだ」

「いやいや、それで何で私なのさ。鈍いって何が？」

　訝《いぶか》しげに兄を睨む海帆に、自覚はまったくない。今も妹を一途《いちず》に想い、アタックを続けている美容師には同情する。

「海帆さん、ダメか？　もう海帆さんしかいないんだ」

「私を最後の砦扱《とりであつか》いされても困んだけど」

「お願い、海帆。今まで恋をしたことがない成人男性と、二次元の子にしか恋をしたことがないオタクじゃ、解決できない問題もあるんだよ」

「そんなこと言うなよ。親父と母さんが泣くだろ」

そう言いながらも、海帆は思考を巡らせているらしい。うんうん、と唸り出した。

「けど、私も全然浮かばないわ……全然そういうのに興味ないからなぁ。とりあえず、考えながらカクテル作ったろ！　兄貴の奢りだから、好きなの何でも頼みな。あんた、明日休みだろ？」

「は、はい……」

「『加速装置機』と『我が拳の煌《きら》めき』のどっちがいい？」

「なんて？」

「カクテル。私オリジナルの」

いや、そうではなく。突如、炸裂したネーミングセンスに、冬緒が助けを求めて兄のほうに視線を向けた。

「海帆、カクテルの名前じゃなくて、どんな系統のカクテルなのか教えてあげて」

「『加速装置機』がリキュール系で、『我が拳の煌めき』がウォッカ系だけど」

「……ノンアルコールでお願いします」

冬緒の声はか細く、震えていた。飲んだら酔う以外にも何らかの体の異変が起こりそうで怖かった。

「オッケー。ノンアルだと今なら梅酒風がおススメかな。この季節にぴったりだし」

「あ、ここは普通に梅酒って言うんだ……」

「何でノンアルは変な名前付けないの？」

「カクテルじゃないのに何で名前付けんのさ」

よく分からないこだわりだった。何はともあれ、精神的衛生上、一番まともなものを注文することができた。

「はいよ」

「ありがとうございます」

グラスに注がれた淡い琥珀《こはく》色。その下にはグラッセされた梅が一粒沈んでいる。鼻を近付ければ、爽やかな梅の芳香。

「ん……美味しいですね、これ。さっぱりしてるけど、コクがある感じがして……」

「ちょっと多めにシロップを入れてるんだよ。あんた、思いつめてるみたいだから、甘いもん摂ってリラックスしなよ」

「は、はい」

「あと、今考えてたんだけど、まずもっと見初を知るのはどうかな」

海帆の提案に、冬緒と天樹は俯《うつむ》いた。

「互いを知るために交換日記、始めたんですけど……」

「あ、そっか……」

「で、でも、色々日記で訊いてみるにあたって、ある程度どういう感じで訊いてみればいいかリサーチするのはいいと思う」

「リサーチって何か就活じみてきたな……」

「人生なんていつだって就活みたいなもんだよ」

苦笑いを浮かべる冬緒に、天樹が強く言い放つ。どうしてか、とても重みを感じる。

「まあ、確かに見初って休みの日に何してるとかあんまり想像つかないかも……漫画は読んでるみたいだけど」

「ね？　そもそもの話、僕たちって時町さんのことをよく知らないでしょ。今度時町さんが休みの日に調べてみよう」

「調べてみようって……時町は休みでも、俺たちは普通に仕事ですよ」

「調査員を雇おう」

「お、おお～……」

こういう時、オタクの機動力ってすごいなぁと、どんどん計画を進めていく兄の姿を見て、妹は思った。

◆　◆　◆

そして、見初の休日がやってきた。

「あれ？　雷訪《らいほう》、首からぶら下げてるそれ何？」

「こ、これはあくせさりーというものです。私、お洒落に目覚めたのですぞ！」

相方からの質問に、雷訪は少し噛みながらも答えた。すると、風来《ふうらい》はそれ以上追求する気がないのか、「よーし！　じゃあ行こう！」と走り出した。

まさか、ペンダントのようにしているこれが、小型カメラだとは気付きもしないだろう。カメラそのものは造花の中に忍ばせており、パッと見では分からないようになっている。

「に、人間とは怖いですな……」

ちなみに小型カメラを持たせようと画策したのは、海帆から話を聞き付けた永遠子である。雷訪は高級油揚げで買収された。

こんなことをしなくても本人に直接訊けばいいような気がするのだが、事情というものがあるのだろう。とりあえず、本日雷訪に与えられているミッションは、見初の様子を映像に収めること。ただし、見初には絶対気付かれてはならない。

当初、風来と共に行われる流れだったのだが、海帆の「風来は絶対何かやらかす」という意見に全員が賛同し、雷訪単独での任務となった。

相棒が馬鹿なせいで、この重責を一人で背負うことになってしまった。歯軋《はぎし》りをしつつ、風来を追いかける。本日は見初と『走る』ことになっていた。

「見初姐《ねえ》さーん！　皆ー！　お待たせー！」

「風来、雷訪ー！　こっちこっちー！」

「ぷぅー！」

ホテルの裏山の入口で元気に手を振る見初と、飛び跳ねる白玉。

……と、河童やら鬼やら妖怪たちがにこやかに風来と雷訪を待っていた。

「何か雷訪が永遠子姐さんとずっと話し込んでてさ」

「ばっ、黙らっしゃい！」

「えっ⁉　オイラ、今絶対に変なこと言ってないよね⁉」

風来は何も悪くない。しかし、余計なことを喋られて、見初に勘付かれてはおしまいだ。見初にカメラと計画の存在が気付かれたらどうなるか。雷訪には訊く勇気がなかった。

もう計画が失敗したら、狐鍋にされる覚悟でいこう。そんな悲壮感溢れる思いで、雷訪はいっぱいだった。

しかし、見初はやはり普通の人間に比べて少し変わっている、と雷訪は彼女を見て思った。

「ん？　どうしたの、雷訪？」

「い、いえ、お似合いですぞ、その格好」

「うん、ありがとう！」

褒められて嬉しそうにする見初は、上下動きやすいシャツとハーツパンツに、ランニングタイツ。さらに帽子、ランニングシューズを用意していた。どこからどう見ても走る気満々の姿である。白玉も『がんばって』と書かれたピンク色の鉢巻きを着けている。

夏にしては気温が低く涼しい本日、裏山ではマラソン大会が行われることになっていた。見初以外、全員妖怪というメンバーで。主催は風来だった。

『オイラも見初姐さんといっぱい走りたい！』

ダイエットのための行為だと知らず、走り込みをする見初に風来が無邪気に言ったのが、すべての始まりだった。初めは見初、風来、白玉で走っていたのだが、次第に「私たちも」「俺も」と人数が増えて行き、「せっかくだから皆でいっぱい走ろう」と企画が立ち上がったのである。

こんな妖怪と一緒に走るなんて嫌なのでは、という雷訪の不安を余所《よそ》に、見初は楽しそうだとすぐに賛成してくれた。いくら何でも妖怪に寄り添いすぎなのでは。こういうところが、見初の美点だとは思うが。

「よーし！　じゃあ、早速走ろうか！」

「あ、待って、その前に、あと一人くるから待ってて」

「うん？　冬緒とか？」

「椿木さんは今日はお仕事だよ。あっ、きた！」

見初が手を振る方向を振り向いて、雷訪は悲鳴を上げそうになった。

見初と同じマラソンスタイルに加え、サンバイザーとゴーグルを着用した男がこっちに走ってくる。

「何ですか、あれ」

思わず、雷訪はそう口走っていた。

「む。分からぬか、狐め」

「おはようございます、火々知さん」

うちのソムリエだった。風来が不思議そうに首を傾げている。

「んあ？　何で火々知おじちゃんがいんの？」

「吾輩の趣味はランニングだ。健康のために走り始めたのがきっかけだったが、そのうち楽しくなってきてな」

「そうなんだ！　火々知おじちゃん、酒のことしか頭にないって思ってたよ！」

風来がものすごく失礼なことを言っているが、雷訪は密かに同意していた。というより、

健康に気を遣う妖怪とはなかなか聞かない話だ。尤《もっと》も、風来と雷訪も太りすぎないように
と、栄養管理をされているが。

「じゃあ、頂上まで行きましょう‼」

「「「おおー‼」」」

「ぷぅ～！」

見初の号令を合図に、皆が裏山を走り出す。

「雷訪も早く～！」

「わ、分かっております！」

この光景、何も知らない者が見たらただの百鬼夜行《ひゃっきやぎょう》にしか見えまい。早朝だが。


そして、妖怪だらけのマラソン大会が始まった──……‼


「あれ⁉　頂上ってどうやって行けばいいんだろ⁉」

「とりあえず上に向かって走ればいいんじゃね？」

「あーっ、何であいつら下に向かって走ってるんだ⁉」

「連れ戻せー！」

時にはコースアウトした仲間を引き戻し……

「疲れた！　もう飛ぶ！」

「何言ってんだよ！　それじゃあ意味がないだろ⁉」

「皆で頂上に走って辿《たど》り着くって誓ったじゃないですか！」

「疲れたなら少し休憩しよう。見初様と火々知様が用意してくださった、『すぽどり』という飲み物がある」

心が折れかけた仲間を支え合い……

「大変だ！　道が寸断されてるぞ！」

「崖と崖ってどうしてこんな危ない道が出来てるの？」

「妖怪同士が喧嘩して、こうなっちゃったらしいぞ」

「人騒がせな……元の姿に戻った吾輩が橋代わりとなる。そこをお前たちが渡れ」

「火々知さん……！」

道なき道を進み……

「頂上に到着ですね～～～‼」

「「「わーい‼」」」

ついに迎えた頂上。高さはさほどないとはいえ、頂上から見渡す景色は美しいものだ。ホテル櫻葉だけではなく、出雲《いずも》の街並みが一望できる。

ここまでくるのに、誰一人として欠けることがなかった。その事実に感極まった妖怪たちが泣き出し、しんみりした空気が流れ始める。特に大きな目的がなく、開催されたマラソン大会だったが、完走の達成感に涙が零れるのを止められない。

「やったね、雷訪！」

「やりました、やりましたぞ、私たちは……！」

相方と抱き合い、号泣する二匹。

「頑張ったね、皆」

「ぷぅ！」

ハイタッチをし合う見初と白玉。

「ふん……たまには大人数で走るのも悪くない」

そして、一人木に寄り掛かりながら、ゴーグルの下から一筋の涙を流す火々知。

普通に裏山を走って頂上についただけなのに、謎の感動が巻き起こっていた。

プツン、と音を立て、そこで画面は暗転したのだった。

◆　◆　◆

雷訪から提供された映像に、作戦会議の場となったバーに明るい雰囲気が流れる。

「妖怪とマラソン大会かぁ」

「楽しそうじゃん。オッサンもすごいノリノリでウケる」

「この後は、皆でご飯食べたんだねぇ。時町さんと火々知さんがお弁当作ったんだって」

「……弁当を火々知さんと一緒に」

ほのぼのとした空気の中に突如、侵入する澱《よど》んだオーラ。グラスを握り締めた冬緒に、天樹と海帆はハッとした。この青年にとっては、間違いなく見てはいけないものだった。

冬緒も映像を見ている最初のうちは、仕事の場以外でも妖怪たちと交流を深める見初に、穏やかな笑みを浮かべていたのだ。ゴーグルソムリエおじさんが颯爽と現れるまでは。

爆笑する海帆の横で、冬緒は盛大なショックを受けている様子だった。この手のイベントに一番興味がなさそうな人物が登場するなんて、想像もしていなかっただろう。

挙げ句、弁当作りという共同作業。動揺するのも無理はなかった。

「まさか、火々知さんが俺にとって一番のライバル……？」

「んなわけあるか！」

「椿木君、その綺麗な目やめて。何か物騒なもの握ってそうな感じがする」

妖怪マラソン大会が原因で、痴情のもつれはあまりにも笑えない。

「あとで、ネット通販でマラソン用のシャツとズボンとシューズとゴーグル買います……」

「気が早い、気が早い！」

「それにここで椿木君が走るようになったからって、時町さんとは一緒に走る機会あまりないと思うよ」

「そんな……何でですか！」

「君ら、基本的にどっちかが休みの時は、どっちかが出勤してないとダメでしょ。二人ともベル担当なんだから」

何か大事な用事がない限り、コーグルソムリエおじさんのように、見初と休日が被《かぶ》ることはないのだ。その事実に、冬緒は息を呑んだ。普通に考えれば、分かることなのだが。

「あと、君の場合、走ることそのものには興味がないでしょ？　続けるとしても、結構キツいんじゃないかな……」

「確かに。じゃ、他のところからアタックしてみたら？」

「他って？」

「あー……えーと、あれだ。食い物で釣るとか」

急に発想が雑になった。

「餌付けってあのねぇ」

「だって、あの見初に真っ正面から向かっていっても無理だって。こういうところで好感度上げていくしか……」

「海帆さん！」

突如、冬緒が席から立ち上がる。その表情は何かに気付いたようだった。

「時町が昨日の日記に書いてたんです。蟹が大好きだから、カニカマも大好きだって」

「あ、昨日の夕飯のサラダに、カニカマ入ってたもんね」

「貢ぐの？　カニカマを？」

いくら好物とは言え、カニカマで釣ろうとする男なんて嫌だ。自分たちが見初の親だったら、怒っている。

だが、天樹と海帆の想像以上に、冬緒の見初に対する愛は深かった。

「俺は時町に本物の蟹をたくさん食べて、嬉しそうに笑って欲しい」

「蟹かぁ。豪勢だね」

「俺、明日休みだからちょっと行ってこようと思います」

「は？　どこに？」

「オホーツク海です」

「は？　……は？」

カニカマとはスケールが違いすぎる。大真面目な顔で言い切る冬緒に、海帆の言語能力が低下した。

「落ち着いて、冷静になって、正気を取り戻して。美味しい蟹なんてちょっと高いけど、お店で食べられるよ。君が北海道《ほっかいどう》に行く必要なんてないよ。ね？」

「店で食べる蟹は確かに美味しいです。けど、俺は妥協したくないんです。時町への気持ちを金で解決するようなやり方、受け入れたくないんだ」

冬緒の情熱が止まらない。絶句する兄妹を残し、冬緒がバーから立ち去っていく。部屋に戻って、旅支度をするのだろう。

「時町さんが、好きなのを蟹って書いてたのが、不幸中の幸いかな……」

「もし、林檎《りんご》とか苺が好きって書いてたら、あいつ多分農家始めてた」

天樹と海帆は彼の去る姿を、険しい表情で見送った。きっと止めても無駄だと、分かっていたからだ。

そして、翌日。

「み、み、見初様〜〜〜〜〜〜〜！」

「見初姐《ねえ》さん、大変だよぉ！」

「一大事ですぞ、見初様！」

柚枝、風来、雷訪が部屋に駆け付けた。

「ど、どうしたの、皆揃って……」

「ふ、冬緒様が」

「椿木さんなら、今日は休みだけど……」

「冬緒が漁船に乗ってオホーツク海に行っちゃうよぉ！」

「何だってぇ⁉」

自分のせいとは露知らず、彼の休日の過ごし方に見初は声を張り上げた。

寮の玄関では、大荷物を抱えた冬緒と永遠子の攻防が繰り広げられていた。

「放してくれ、永遠子さん！　俺は行かないといけないんだ……！」

「無茶よ！　行かせられないわ！」

「けど、時町の笑顔が俺は見たいんだ！」

「気持ちは分かるけど、何でそれで海を渡らないといけないのよ⁉　ここで冬ちゃん行かせたら二度と帰ってこない気がする！」

修羅場だ。修羅場と化している。無茶をやらかそうとする息子と、それを止めようとする母親の構図である。

何でこんなことに。冬緒の覚悟を決めた叫びと永遠子の悲痛な叫びが爽やかな朝に響き渡る。

しかも、冬緒が『時町の笑顔』とか言っている。

「まさか私が原因……⁉」

だが、北海道って何だ。まったく心当たりがないのが怖い。

「つ……椿木さん！」

「時町か……」

「見初ちゃんも止めて！　この子、北海道に蟹獲りに行くって言い出してるの！」

「蟹ぃ!?　……はっ！」

そこで見初は思い出した。日記に蟹うんたらと書いたことを。

「いやいやいや！　蟹要らないから！」

「ダメだ！　今、ここで蟹を持ち帰らないと、俺は火々知さんに勝てないんだ……！」

「火々知さん!?　火々知さんと蟹、何か関係してる!?」

してない。しかも、マラソン大会のせいで、火々知が勝手にライバル認定されている。

その事実を知らないまま、見初は外に走り出そうとする冬緒の襟首をひっ掴んだ。

荷物運びが主な仕事であるベルガールとして鍛えられた筋力が、冬緒の走りを封じる。

「待たんかい!!」

「放してくれぇ！　俺はお前のために蟹を……」

「カニカマでいいよ!!　美味しいじゃん、カニカマ!!」

「見初ちゃん、そのまま抑えといて！　今、誰か呼んでくるから！」

これなら一人でも大丈夫だと判断した永遠子が、寮の中に戻って行く。

「だって、カニカマで釣るなんて時町はそんなに安い女じゃない！」

「つ、釣る⁉　何でそんな話になってるんですか⁉」

蟹をゲットしに北海道に行く理由は何となく分かったが、それ以外が解読不可能だ。混乱していると、永遠子が風来と雷訪を連れてきた。

なぜ、よりによって、この状況で一番頼りにならなそうな二匹を。

「ごめんなさい、皆ご飯食べてるから。食べ終わってたのが、この子たちだけだったの」

「食後の運動にきたよ」

「カロリー消費しますぞ」

「そんな呑気な！」

張り切っているが、この毛玉たちに何ができるのか。今、こうやって冬緒が走り出すのを防ぐだけで精一杯なのに。

「でも、見初姐さん、片手で襟口掴むだけで冬緒の動きを止めてるから……」

「そのまま羽交い締めにして中に引き摺り戻したほうがいいのでは？」

「あ、そうか……」

二匹のアドバイスを聞き、見初は両腕を使って冬緒を羽交い締めにすると、寮の中に連行していった。その時に気付いたが、酒臭い。

風来と雷訪は扇子《せんす》を持って、応援の舞を踊っていた。冬緒は暫《しばら》くもがいていたが、拘束から逃れることはできず、気付いたら寝息を立て始めていた。

その様子を、ちょうど配達にきていた運送業者が、心配そうに見ている。永遠子が荷物の受け取りを行った。

◆◆◆

「ごめん、冬緒が強いの欲しいって言うから……」

「い、いいえ、海帆さんが悪いわけでは……」

「あの後、起きたら椿木君の頭から記憶飛んでたのが唯一の救いかな……覚えてたら舌噛み切る所業だもの」

「見初、何か飲む？　兄貴の奢りだってよ」

「え、でも……」

「ようこそ、僕たちの作戦会議の場へ。ほら、カプレーゼどうぞ」

客が帰ったバーに顔を見せた見初を、天樹と海帆がもてなす。

「た、大変申し訳なく……！　まさか、私のせいでこんな騒ぎになるなんて……！」

あまりの不甲斐なさに見初が土下座しようとするが、カウンターから出てきた海帆に体を押さえられる。

「誰も蟹が好きだからって、北海道に行くなんて思わないじゃん！」

「でも、酒の力を借りたとはいえ、椿木さんにそこまでさせてしまったのは、完全に私の責任です！」

「あの時はあいつも焦ってたんだよ。自分よりオッサンといたほうがいいんじゃないかって」

「え？　だから、何でそこで火々知さんが出てくるんですか？」

「…………」

「…………」

「なぜ、そんな気まずそうな沈黙を……⁉」

まさか、雷訪に隠しカメラを持たせていたとは、言えないからである。

「……でも、ちょっと私も交換日記続けてるうちに思い始めてはいたんです。仕事とご飯と白玉のことばかり話題にしてて、互いを知るとかそういうのが全然できてないんじゃないかって」

「あ、やっぱり見初もそこは薄々感じてたんだ」

「そこで、色々と学ぼうと思って、少女漫画とか恋愛に関する漫画を取り揃えてみてるんですけど……」

「あ⁉　もしかして、朝来た荷物って時町さんの⁉」

「はい」

初めての恋に戸惑う主人公。それをポイントにして、ちょこちょこと揃えていた。恋とは何なのかを知るために。

「真面目だなぁ……」

「そこで漫画に走る辺り、兄貴の影響出てるけど……で、どうだった？　成果はあった？」

「あんな野郎共に主人公たちを渡すわけにはいきませんわ」

「ん？　時町さん、どういうこと？」

「最初に読んだ本の男、恋と自分の夢のどっちを選ぼうか悩む主人公を監禁したんですよ！　お前ふざけんなよって話じゃないですか⁉」

パァン、と見初が憤りながらカウンターを叩いた。

「次に読んだ本は主人公の気を引きたいがために、他の女の子とイチャイチャって……はぁぁぁぁ⁉　主人公以外の女の子を何だと思ってるんですかね⁉　お前の道具じゃないんだけど⁉」

「時町さんの選ぶ漫画、地雷率高くない？　どうして最初からそんな獣道に足を突っ込んじゃったの……」

天樹が同情じみた声を漏らす。

「いや、何で恋愛を学ぶために読み始めたのに、主人公の母ちゃん視線になってんの？」

海帆が呆れ気味に呟く。

「あと、私がどうしても、絶対に許せなかったのは突然キスする男ですよ！　それが許されるのフィクションの世界だけですよ⁉　セクハラですからね⁉」

「そりゃ、言えてる。私も『俺のこと好きだろ？』って無理矢理迫る奴マジで無理」

「ま、待って！　ほぼ１００％の確率で両片想いからの突然のキスは許して！　僕の推しカップルまさしくそれなの……！」

これに関しては意見が割れる。同意するように赤べこの如く頷く海帆と、切なそうな表情で擁護に入る天樹。見初の勢いに感化されたせいか、二人共本来の目的を忘れている。もちろん、見初も忘れている。

「世の中には……酷い男がたくさん……いるな……」

緩やかな波のような静かな声が、バーの空気にゆっくりと染み渡った。少女漫画の男キャラについて盛り上がっていた見初たちが我に返り声の方向を向くと、いつの間にかホテル櫻葉の料理長が隅に座っていた。

「桃山さん、いつからそこに……」

「時町が……少女漫画を買った話を……始めてからだ……白熱しているようで……声をかけられなかった……」

「す、すみませんでした」

「桃山さんも何か飲む？　ノンアルのほうがいいっしょ？」

「緑茶はあるか……」

「あいよ」

海帆が小型冷蔵庫から瓶を取り出す姿に、桃山が首を傾げる。

「あるのか……」

「緑茶割りとか抹茶系を注文するお客さん、結構多いんだよ。面白いところだとほうじ茶とかもあるかな」

「ほうじ茶もカクテルにできるんですか⁉」

悪戯《いたずら》が成功した子供のように笑う海帆に、驚きながら訊いたのは見初だ。酒に関する知識に疎い見初でも抹茶を使用することがあるのは知っているが、ほうじ茶はさすがに初耳だった。

「カクテルって基本、何でも使ったりするもんだよ。紅茶とか珈琲だってぶち込むし」

「へぇ～……」

「カクテルの種類は……無限大だ……男もそういうものだ……」

出された緑茶を飲みながら、静かに桃山が語る。

「時町たちが言っていたような……男もいれば……そうではない男も……いる……」

「は、はい」

「酒は好き嫌いが多い……例えば、ビールが好きな者がいれば……苦手な者もいる……」

全員、口を閉ざし、動きを止めて桃山の話に聞き入る。

「それと同じだ……男の好みは……人によって異なる……最低だと思う男を……好む女性も中には存在する……料理やカクテルのように……恋の在り方も……千差万別だ……」

「なるほど……」

俯瞰的《ふかんてき》な桃山の意見に、見初は目から鱗《うろこ》状態だった。実在しない男たちへの怒りもみるみるうちに萎《しぼ》んでいく。

するると、桃山が不思議なことを尋ねてきた。

「ちなみに椿木と……その男たちを比べて……どう思った……？」

「？　椿木さんは監禁なんてしないし、他の人の気持ちをちゃんと考えますし、女性に対してセクハラなんて絶対しない人ですよ。全然違うなって思いますけど……」

「そうか……」

何の詰まりもなく、滑らかな口調で答えていく見初に、桃山は肯定も否定もせず、相槌を打った。その様子を見て、「あれ？」と怪訝《けげん》そうな顔をしたのは天樹だった。

「時町さん、ちょっといい？」

「はい？」

「これは僕が読んだ漫画に出てくる男なんだけどね。将来どういうところに住みたいとか、結婚式で着るのは白無垢かドレスか訊こうとする人はどう思う？　や、実際には訊いてなくて、訊いてみたいなぁ程度なんだけどね」

「思うだけなら、いいんじゃないですか？　それに将来のことを想像するくらい、その子のことが大好きってことでは？」

「そ、そうなんだ……」

「主人公の喜ぶ顔が見たいって理由で、ジャングルへ秘宝探しに行くようなトレジャーハンターは？」

次に海帆が訊く。絶妙なフェイクが施された内容だった。今朝の出来事を彷彿させる物語である。

「かっこいいじゃないですか。好きな子の笑顔のために宝探しする人なんて」

見初の目は輝いていた。そんな彼氏が欲しいいときめく乙女、というよりは正義のヒーローに胸膨らませる市民のような瞳だったが。

しかし、「でも」とすぐに悲しげな表情に切り替わる。

「そんな素敵な人をその子は絶対、大好きだと思うんです。だから、宝なんて探しに行ってないで側にいてあげたほうが、たくさん笑顔が見られるんじゃないかなと」

「時町さん、すごく理解《ワカ》ってる。百点満点」

「兄貴から花丸貰っても、仕方ないんだよなぁ」

ぱちぱちと拍手する兄へ、妹が冷めた眼差しを向ける。

「というか、他人の恋愛語る時は、何だってこんなに饒舌《じょうぜつ》なのさ。見初、前世、恋のキューピッドやってた？」

「私、中学の頃にクラスメイトに前世占ってもらったら、タガメでした」

「タガメはないって！　せめて蝶とか蛍じゃない？」

「せめてじゃないよ。人にしてあげなよ」

海帆の雑なフォローを、兄がやんわりと咎《とが》める。そんな流れで話が脱線していく三人に、緑茶をちびちび飲みつつ、桃山が口を開く。

「今話してたことを……日記に書いてみろ……」

「話してたって……タガメを？」

「違う……時町が少女漫画を読んで……思ったこと……感じたこと……男たちと椿木を比べてみた感想……十塚《とつか》たちからの質問と……その返し……それらを文字にするんだ……」

「でも、漫画のキャラと比べられて、椿木さん嫌じゃないですかね……？」

不安げに眉を寄せる見初だが、桃山は首を横に振った。

「椿木なら……時町の言葉と気持ちを……すべて受け止めてくれる……俺はそう信じている……時町はどうだ……？」

「わ……私もそう思いますし、信じてます！」

見初が元気よく答えると、桃山の表情がほんの僅か緩む。彼をよく知らない者には気付かないほどの微細な変化。

しかし、ホテル櫻葉の面々は、それが桃山の笑顔だと分かっていた。

「早速書いてみようと思います！」

「頑張れ……それと……さっぱりしたデザートの……作り方を教える……椿木も慣れない強めの酒で……暫く体調を崩しているだろう……作ってやるといい……」

「何から何までありがとうございます、桃山さん」

二人のほのぼのとした、しかし、無駄も不安もないやり取りの一部始終を見ていた兄妹は、目を丸くしていた。

「獣道を桃山さんが整備してくれたおかげで、人が歩ける道になった……」

「一から十まで、的確なアドバイスしててすごい……正直な話、無駄に終わると思ってた、見初の少女漫画道場巡りが最高の形で活かされてんじゃん……」

というよりも。

「……時町さんって、もしかして自覚がないだけで、そういうことだったりする？」

「自覚してたら、あんなにはっきり言えないと思うわ」

「でも、ここで椿木君に、時町さんに自覚させるためにキスしろやなんて指示出したら、すべてが水泡に帰すから僕たちは何も言わないでおこうね。僕たちもそんなことさせたくないし、時町さんが怒りで我を忘れるかもしれない」

「私らからは具体的なことは何も言わないで、桃山さんのアドバイスだけ聞いてもらおう」

自分たちの無力さを痛感しながら、天樹と海帆は前途多難な二人の関係の発展を密かに願った。

◆　◆　◆

そして、見初が桃山のアドバイス通り、色々感じたことを日記に書いた結果。

「み、み、見初様〜〜〜〜〜〜！」

「見初姐さん、大変だよぉ！」

「一大事ですぞ、見初様！」

眩しい夏の朝、またもやちびっこ妖怪トリオが、見初の部屋に現れた。

「こ、今度はどうしたの？」

「ふ、冬緒様が」

「椿木さん？　今度はどこの海を目指してるの？」

「冬緒が知恵熱出して倒れた！」

「何でじゃい‼」

あまり、植物に水を与えすぎると枯れる。そんな感じで、あまりの供給過多に冬緒は二日間寝込んだのだ。

「見初、こっちもヤバい」

「海帆さん？」

「冬緒から話聞いた永遠子さんも、感極まって熱出した」

「だから何で⁉」

交換日記がここまで大変なものだったなんて、見初は知らなかった。いや、普通こんなことにならないと思うのだが。

◆この作品はフィクションです。
実在の人物、団体などには一切関係ありません。

双葉文庫

か-51-08

出雲《いずも》のあやかしホテルに就職《しゅうしょく》します❽

2020年6月14日　第1刷発行

【著者】
硝子町玻璃《がらすまちはり》

【発行者】
島野浩二
【発行所】
株式会社双葉社
〒162-8540 東京都新宿区東五軒町3番28号
［電話］03-5261-4818(営業)　03-5261-4851(編集)
www.futabasha.co.jp(双葉社の書籍・コミックが買えます)
【印刷所】
中央精版印刷株式会社
【製本所】
中央精版印刷株式会社

【フォーマット・デザイン】
日下潤一

ISBN978-4-575-52371-3 C0193
Printed in Japan

FUTABA BUNKO

時給三〇〇円の死神
The wage of Angel of Death is 300yen per hour.
藤まる
「それじゃあキミを死神として採用するね」ある日、高校生の佐倉真司は同級生の花森雪希から「死神」のアルバイトに誘われる。曰く「死神」の仕事とは、成仏できずにこの世に残る「死者」の未練を晴らし、あの世へと見送ることらしい。あまりに現実離れした話に、不審を抱く佐倉。しかし、「半年間勤め上げれば、どんな願いも叶えてもらえる」という話などを聞き、疑いながらも死神のアルバイトを始めることとなり——。死者たちが抱える切なすぎる未練、願いに涙が止まらない、感動の物語。

発行・株式会社　双葉社

FUTABA BUNKO

京都の甘味処は神様専用です

桑野和明

両親が亡くなり、姉の住む京都に引っ越した高校生の天野瑞樹。ある日、観光で西本願寺を訪れた瑞樹は、見知らぬ少年に『甘露堂』という甘味処まで荷物を運ぶのを手伝ってほしい、と頼まれる。甘露堂へたどり着き荷物を開けると、「ナリソコナイ」と呼ばれる黒い玉が出てきて、店内を食い散らかしてしまう。修繕費を弁償するため甘露堂でアルバイトをすることになった瑞樹だが、そこはなんと神様専用の甘味処で!?

発行・株式会社　双葉社